Matthias Achermann
Mord im Fitnesscenter

Zum Buch
Auf die Idee, diesen Kriminalroman zu schreiben, brachte mich mein neues Hobby, das »Fitten«. Im Fitnesscenter habe ich mich beim Krafttraining unter anderem intensiv mit der Hantelbank auseinandergesetzt. Dieses Gerät hat mich oft herausgefordert und an manchen Tagen auch an den Rand meiner Kräfte gebracht. Und irgendwann an einem schwülen Sommerabend, als ich mich wieder so abmühte, kam mir der Gedanke: Was wäre, wenn … und dieser Gedanke ließ mich nicht mehr los. So beschloss ich, den Kriminalroman *Mord im Fitnesscenter* zu schreiben. Und wenn dieser umfangmäßig eher etwas knapp ausfällt, so haben Sie das meinen Lehrern zu verdanken, die mich beim Aufsatzschreiben immer wieder mit der Bemerkung ärgerten: »Weniger wäre mehr, Matthias!«

Zum Autor
Matthias Achermann wurde am 27.05.1986 in Luzern geboren. Er hatte schon früh großen Spaß am Lesen und Schreiben, verschlang alles, was nach Geschichte und Historie klang. Sein Interesse galt besonders den Sachbüchern über die Antike und das Mittelalter sowie Romanen, die in diesen Epochen spielten. Nach der Schule ließ er sich zum Koch ausbilden. Jedoch wurde ihm rasch klar, dass dieser Job nicht seine berufliche Erfüllung sein würde. Nach dem Prüfungsabschluss kam das Beste, was einem jungen Schweizer passieren kann: die Rekrutenschule (das Militär).
Danach absolvierte er seine Zweitausbildung zum Logistiker.

Matthias Achermann

Mord im Fitnesscenter

Detective André Marek

Kriminalroman

CMS Verlagsgesellschaft

Bibliografische Information der Deutschen Nationalbibliothek.
Die Deutsche Nationalbibliothek verzeichnet diese Publikation in der Deutschen Nationalbibliografie; detaillierte bibliografische Daten sind im Internet unter www.dnb.de abrufbar.

Bibliografische Information der Schweizer Nationalbibliothek NB. Diese Publikation ist in der schweizerischen Nationalbibliografie aufgeführt und unter www.helveticat.ch abrufbar.

Deutsche Erstausgabe 2019
Copyright © 2019 bei CMS Verlagsgesellschaft mbH, Zug
Alle Rechte vorbehalten.
Urheberrecht: Matthias Achermann
E-Mail: achermannmatthias@gmx.ch
Lektorat: Bärbel Philipp/Jena
E-Mail: lektorin@textperlen.de
Satz und Layout: CMS Verlagsgesellschaft
Umschlaggestaltung: CMS Verlagsgesellschaft
Bilder: Shutterstock.com
Foto: Matthias Achermann

Besuchen Sie uns im Internet:
www.cms-verlag.ch

Druck und Bindung: CPI – Ebner & Spiegel, Ulm
Printed in Germany

ISBN: 978-3-03827-018-8

Diesen Roman widme ich allen, die mich beim »Abenteuer« Marek unterstützt haben. Speziell dem CMS-Team für seine professionelle Begleitung sowie meinem Vater, der als Testleser und wohlwollender Kritiker zum Gelingen dieses Romans beigetragen hat.

Inhaltsverzeichnis
Es geht los 9
Im zehnten Revier 19
Am Tatort 28
Unterwegs vom Schießplatz zur Pathologie 44
Lieber spät als nie 60
Sergeant Redcliff ermittelt 71
Vergissmeinnicht und Lavendel 80
Auf Umwegen zurück zum Tatort 90
Verhör im Fitnesscenter 101
Geheime Nachrichten 126
Alte Freunde – neue Freunde 138
Teamarbeit 145
Generalprobe und Galadinner 155
Von Schießübungen, Geländespielen und
Theaterbesprechungen 164
Nichts ist, wie es ist! 178
Nachtrag und Neuanfang 204

1

Es geht los
Matt Dashkin saß noch etwas verschlafen am Frühstückstisch und nippte an seiner Kaffeetasse, als sich Claudia gähnend neben ihn setzte.
»Guten Morgen, Schatz, gut geschlafen?«, begrüßte er seine Frau und gab ihr einen flüchtigen Kuss auf die Wange.

»Sehr gut, danke. Und du, Matt?«

»Wie ein Stein. Hab übrigens bereits gegessen, Frühstück steht auf dem Tisch.«

»Schade, ich dachte, wir könnten wieder einmal zusammen frühstücken.«

»Nichts, was ich lieber täte, Claudia. Doch leider fehlt mir die Zeit. Wichtige Sitzung. Firmenübernahme ... du weißt ja! Und am Abend gibt's ein Geschäftsessen mit der ganzen Entourage. Kann spät werden, also warte nicht auf mich. Werde im Gästezimmer übernachten.«

»Hast du's schon wieder vergessen, Liebling? Für heute und morgen ist Weiterbildung angesagt, ich schlafe auswärts. Du brauchst also auf mich keine Rücksicht zu nehmen. Aber denk daran, das Wochenende ist für uns reserviert! Segeltörn auf unserer Jacht. Du und ich, wir zwei ganz allein!«

»Alles klar, steht zuoberst auf meiner Agenda!«, beruhigte Matt seine Frau. Und mit einem Blick auf die Uhr: »Also dann, definitiv tschüss, mein Schatz.« Er schickte seiner Gattin einen nichtssagenden, aber geräuschvollen Handkuss zu und verließ dann eilig das Haus.

Ein paar Stunden später stand Matt in der Eingangshalle des mächtigen Jugendstilgebäudes, in dessen oberster Etage das Fitnesscenter *Achilleus* eingemietet war. Bevor er den Lift bestieg, ging er noch rasch in den Lebensmittelladen, wo er sich eine Flasche Gatorade kaufte. »Gibt Kraft für zwei. Kann ich heute sicher gut gebrauchen!«, murmelte Dashkin halblaut vor sich hin.

Dann ging er zum Aufzug und drückte den Knopf. »Verdammt«, schimpfte er, »nicht schon wieder. Wie lange dauert es wohl heute, bis dieses verflixte Ding endlich eintrudelt?« Es dauerte tatsächlich ziemlich lange, exakt fünf Minuten und siebenunddreißig Sekunden, wie ihm seine Uhr, ein teurer Omega-Chronometer, anzeigte. Böses ahnend stöhnte er: »Bitte keine Horrorfahrt wie letzte Woche!« Damals hatte der Lift auf jeder Etage gestoppt um weitere Gäste ein-, oder aussteigen zu lassen. Eingeklemmt wie Ölsardinen konnte man sich kaum bewegen, und die Leute schnappten verzweifelt nach Luft. »Und gebe es Gott«, betete Matt, »dass der Kraftraum nicht wieder so überfüllt ist, dass nur unter Androhung roher Gewalt ein Gerät zu ergattern ist!« An den unverschämten Sportsfreund auf dem benachbarten Laufband mochte er schon gar nicht mehr denken, der im Minutentakt »einen fahren ließ«. Und bei dem Gedanken rümpfte Dashkin unwillkürlich die Nase. Doch seine Befürchtungen waren überflüssig. Kein Gedränge heute, weder im Lift noch im Fitnesscenter.

Dafür eine nette junge Fitnesstrainerin, die ihn freundlich willkommen hieß: »Hey, wer kommt denn da?«, begrüßte sie den Neuankömmling lächelnd. »Ah, der smarte Matt! Schon lange nicht mehr gesehen. Nett, dass du dich wieder einmal blicken lässt. Du siehst unverschämt gut aus heute. Aber sag mal, Liebster, weichst du mir in letzter Zeit etwa absichtlich aus?«

»Warum sollte ich«, lenkte Matt ab. »Hatte beruflich so einiges um die Ohren, da blieb kaum mehr Zeit zum Trainieren. Und wenn doch, keine Spur von dir, Ivana! Pech oder schlechtes Timing? It's up to you, du kannst wählen! Doch wie auch immer, langsam seh ich Licht am Horizont, der Stress im Geschäft lässt spürbar nach.«

»Schön für dich, ich drück dir die Daumen. Also dann, mein Lieber, viel Spaß beim Fitten! Falls du etwas brauchst, du weißt ja, wo ich zu finden bin. Und ganz im Ernst, Matt, du hast mir sehr gefehlt. Du bist halt mehr als nur ein Kunde für mich«, sagte Ivana und unterstrich ihr Geständnis mit einem verführerischen Augenaufschlag.

»Lass doch dieses Getue«, gab Matt grob zurück. »Das sagst du bestimmt zu jedem Kunden, oder etwa nicht?«

»Nein, nicht zu jedem, nur zu jedem Zweiten!«, ließ sich Ivana nicht beirren und schenkte Matt ein noch bezauberndes Lächeln als zuvor.

»Hört, hört«, sagte Matt etwas flach. Denn er wusste nicht so recht, ob er sich geschmeichelt oder genervt fühlen sollte. »Muss mich beeilen, sonst wird es heute wieder nichts mit meinem Training«, sagte er. Besorgt seinen Bauch betrachtend, der sich prominent unter seinem knapp sitzenden T-Shirt wölbte, und ohne Ivana anzuschauen, entfernte Matt sich Richtung Männergarderobe.

In Gedanken war er längst wieder mit der bevorstehenden Firmenübernahme beschäftigt. So bemerkte er nicht, dass Ivana ihm nachdenklich nachschaute, wie ihr warmes Lächeln erlosch, ihr Gesicht sich verhärtete und dann kalt und leer wurde.

Im Umkleideraum angekommen, schaute Matt auf seine Uhr und sah, dass es bereits halb eins war. »Noch drei Stunden«, murmelte er.

»Also genug Zeit, um mich für die Sitzung fit zu trimmen.«

Das Gelingen der Firmenübernahme, auf die er nun schon seit Monaten hart hingearbeitet hatte, war Dashkin äußerst wichtig. Bot diese Fusion doch die Chance, zu expandieren und endlich im Ausland Fuß zu fassen. Und auch finanziell sollte sich die Sache lohnen, dafür würde er schon sorgen. In Gedanken hörte er bereits die Kasse klingeln.

Es war dann aber das Klingeln des Handys, das Matt aus seinen Gedanken riss.

Sein Geschäftspartner Frank war am Apparat: »Ich störe nur ungern, Matt«, entschuldigte sich dieser. »Und schon gar nicht mit schlechten Nachrichten. Aber *Seasports and More* haben den Sitzungstermin kurzfristig abgesagt. Aus welchen Gründen ist unklar. Sie schlagen einen neuen Termin vor: übermorgen, gleiche Zeit, gleicher Ort.«

»Kannst du vergessen, Frank, das Wochenende ist für Claudia reserviert, und zwar ab Freitagmittag. Segel-Weekend mit allem Drum und Dran! Weiß der Kuckuck, was Claudia damit bezweckt. Nun ja, ich werd's wohl überleben. Aber abgesehen davon: Seit wann, lieber Frank, bestimmen die Herren von *Seasports and More* unseren Terminkalender? Das geht ja gar nicht! Nächstmöglicher Termin ist in einer Woche, richte das diesen Herren aus, mit den besten Grüßen von Dashkin.«

»Schon gut, Matt, hab verstanden. Ich ruf dich in einer Viertelstunde zurück.«

»Tu das, aber keine Minute später!«

Kurz darauf bestätigte Frank den neuen Sitzungstermin inklusive denjenigen des anschließenden Dinners (ab achtzehn Uhr dreißig).

Dennoch war Matt noch immer ungehalten. »Typisch *Seasports and More*«, murrte er. »Wissen echt nie, wann das Spiel aus ist und wann man aufgeben sollte. Und Verzögerungen mag ich schon gar nicht, es sei denn, sie stammen von mir!«

Als Dashkin sich fertig umgezogen hatte, nahm er einen kräftigen Schluck Gatorade (zur Stärkung), ging dann zurück an die Rezeption und bestellte einen Bananen-Schokolade-Shake (zum Genießen). »Aber diesmal bitte mit Sahne und Zucker, und dies nicht zu knapp«, sagte er laut und großspurig und gab Ivana einen Klaps auf den Hintern.

Als Matt den Shake ausgetrunken hatte und gehen wollte, hielt ihn Ivana zurück: »Einen Moment noch, Liebster. Da gibt es etwas, was ich dich fragen muss!«

»Na, dann schieß los! Zeit ist Geld!«

»Also gut«, sagte Ivana zögernd. »Wir haben uns in letzter Zeit nicht oft gesehen. Privat, meine ich. Und nun noch deine E-Mail von gestern. Ich habe heute früher Feierabend, Matt. Ich denke, wir sollten reden.«

»Oh, das passt ganz schlecht, Kleines. Bin verhindert. Geschäftsessen, weißt du.« Es machte Matt nichts aus, seine Geliebte anzulügen, da hatte er schon ganz andere angelogen. Und ohne rot zu werden, fuhr er fort: »Zudem – wir waren uns doch einig, dass ich mich melde, wenn ich etwas von dir will. Abgesehen davon weißt du ja, dass ich verheiratet bin, und das soll auch so bleiben! Scheidungsgeschichten und Unterhaltszahlungen sind nicht mein Ding. Also, lass uns genießen, was ist, und vergessen, was kommen mag. Glaube mir, Baby, das Leben ist viel zu kurz, um Trauerflor zu tragen.«

Ivana schaute Matt fassungslos an: »Dann ist es also tatsächlich wahr. Die Sache ist gelaufen, Matt, endgültig?« Nur mit Mühe konnte sie ihre Tränen zurückhalten, wobei nicht klar war, ob es sich dabei um Tränen der Trauer oder des Zorns handelte. Gut möglich, dass beides zutraf.

Für einen Moment wurde Dashkin nachdenklich, und seine Stimme klang etwas weicher: »Schau mich nicht so vorwurfsvoll an, Kleines. Wenn dir diese Vorstellung nicht passen sollte, bin ich selbstverständlich Gentleman genug und trainiere künftig in einem anderen Studio, falls dir das helfen sollte.« Sprach's und ließ die fassungslose Ivana, ohne eine Antwort abzuwarten, einfach stehen.

Ein echter Gentleman hätte instinktiv geahnt, dass man seine Geliebte niemals so kaltherzig behandelt. Und dies schon gar nicht, nachdem man ihr einen Korb gegeben hat!

Doch Dashkin kümmerten solche Gedanken nicht. Er suchte sich möglichst weit entfernt von Ivana einen freien Crosstrainer und begann mit dem Training. Nach einem üppigen Aufwärmen ging er zu den Kraftgeräten und startete sein Muskelaufbautraining. Er genoss das leichte Ziehen, das sich in seinen Gliedern breitmachte. Aber richtig entspannen konnte er sich nicht. Er fragte sich, ob Ivana wohl angebissen und seinen Köder geschluckt hatte. Zweifellos durfte er zuversichtlich sein, denn ihre Reaktion auf seine E-Mail war genauso ausgefallen, wie er sich das gewünscht und vorgestellt hatte! Keine Frage, Ivanas Wille war schon halbwegs gebrochen, jetzt galt es nur noch, ruhig Blut zu bewahren, um dann abzukassieren. Denn wie könnte Ivana ihn zurückweisen, wenn er sie in wenigen Wochen reuig und mit Tränen in den Augen um Verzeihung bitten würde und ihr zärtlich einen teuren Klunker an den Ringfinger stecken würde! Er war also auf Kurs, wobei jetzt alles auf das richtige Timing ankam: Nicht zu früh, aber auch nicht zu spät muss die Party steigen, dachte er.

Dann würde seine Saat aufgehen, dessen war er sich sicher. Todsicher sogar. Und er hörte bereits die Hochzeitsglocken läuten.

Es waren aber dann nicht die Hochzeitsglocken, die Matt aus seinen Gedanken rissen, sondern das Piepsen des Timers, das ihn daran erinnern sollte, dass es an der Zeit war, zu seinem Lieblingsgerät, der Hantelbank, zu wechseln. Dashkin bestückte die Hantel beidseitig mit Gewichten von je fünfundvierzig Kilo und machte es sich auf der Unterlage bequem. Danach schloss er die Augen – was er wohl besser nicht getan hätte – und bewegte die Stange langsam auf und ab. Und wieder genoss er das Ziehen in seinem Körper und die leichten Schmerzen, die im Verlauf des Trainings stetig zunahmen.

Als er mit dem dritten Trainingsdurchgang beginnen wollte, fühlte sich das Gewicht der Hantelstange plötzlich unerklärlich schwer an. Um herauszufinden, was da schieflief, öffnete Dashkin die Augen und blickte in ein von Hass erfülltes Gesicht. Wortlos und mit aller Kraft drückte diese Person auf die Hantelstange und presste sie langsam nach unten. Verzweifelt hielt Matt dagegen. Er mobilisierte all seine Kräfte, um die Hantelstange auf die Halterung zurückzustemmen und dort aufzubocken. Dabei lief ihm der Schweiß in Strömen, und er fühlte, wie seine Kräfte langsam schwanden. Doch er wollte nicht aufgeben. Er wollte leben und kämpfte den aussichtslosen Kampf verbissen weiter, bis es nicht mehr ging. Erst spürte er die Kälte der Stange an seinem Hals, dann fühlte er schmerzlich, wie diese langsam seine Luftröhre zudrückte und ihm den Atem raubte.

Ungläubig und verzweifelt krächzte er: »Um Himmels willen, bitte nicht! Ich ...«

Der letzte Satz war nur noch ein Röcheln. Dann schloss Dashkin die Augen. Und diesmal für immer.

2

Im zehnten Revier
Im Polizeipräsidium saßen Detective André Marek und seine Kollegin, Sergeant Steffanie Redcliff, an einem riesigen Bürotisch aus Mahagoni. Sie waren gerade mit dem Abschlussbericht ihres letzten Falls beschäftigt. Dies aber eher lustlos und wenig effizient.

»Hey, Redcliff«, sagte der Detective, »wie du weißt, liebe ich meinen Beruf über alles. Wenn da nur nicht dieser ewige Kampf mit Akten und Berichten wäre, dieser stumpfsinnige Bürokram! Hätte lieber zehn neue Fälle gleichzeitig – inklusive Verbrecherjagden um Mitternacht, Action mit Pulverdampf und allem Drum und Dran – richtige Polizeiarbeit eben!«

Redcliff schaute ihren Vorgesetzten mit ihren blauen Augen tadelnd, aber doch nicht ganz verständnislos an und antwortete: »Marek, wenn du dich weiter so anstellst, ist es äußerst unwahrscheinlich, dass wir mit unserem Bericht je fertig werden. Und wie du weißt: Ohne ordentlichen Abschlussbericht ist ein Fall nicht abgeschlossen, und ohne Abschluss gibt es keine neuen Fälle. Also los, auf in den Kampf, wetzen wir die Messer!«

Während Redcliff ihrem Boss gut zuredete, schaute dieser seine Untergebene prüfend und vielleicht auch irgendwie lüstern an. Denn was er sah, war nicht ohne: ein sympathisches Gesicht mit den blauesten Augen, die er je gesehen hatte. Und Marek hatte weiß Gott schon in viele blaue Augen geschaut. Gleichzeitig musterte er ihre sinnlichen Lippen, die ihresgleichen suchten. Und er hatte schon viele sinnliche Lippen geküsst. Gedankenverloren saß er nun da und wünschte sich nichts sehnlicher, als dass sein Sergeant noch lange weiter reden würde.

Zu seinem Leidwesen holte ihn das nervige Gepiepe des Computers schon bald wieder in die reale Welt zurück und zeigte an, dass er eine E-Mail erhalten hatte. »Ach nee, Redcliff! Captain W. Pepperville lädt uns wieder mal zu einem Meeting ein!«

»Schon wieder?«, sagte Redcliff gereizt. »Was zum Teufel will der wieder von uns? Und dürfen wir heute vielleicht mehr sagen als bloß: ›Yes, Sir‹, ›No Sir‹ und: ›Wird gemacht, Sir!‹«

Marek schwieg beharrlich, man sah ihm an, dass er in Gedanken versunken war.

Redcliff rätselte, was wohl jetzt wieder mit dem Detective los war. Wie öfters in letzter Zeit, saß er steif und mit unstetem Blick am Tisch und starrte ins Leere. Redcliff musterte ihn eingehend. »Hey, Boss, alles in Ordnung mit dir?«

»... was zum Teufel, Redcliff ...«, schreckte dieser hoch, »was? ...«

»Hey, Marek, mir scheint, du bist heute wieder einmal so ziemlich neben der Spur!«

»Nein, bin ich nicht!«

»Doch, bist du. Und ich möchte gerne wissen, was der Captain von uns will ... und was unsere Haltung dazu ist!«

»Keine Ahnung, Redcliff. Der Captain teilt einzig mit, dass wir unverzüglich in seinem Büro antraben sollen.«

»Hält der uns für Pferde, oder was?«, reklamierte Redcliff. »Aber ein oder zwei Coffee können nicht schaden, bevor wir losgaloppieren, meinst du nicht auch?«

»Gute Idee, Redcliff. Eine Stärkung ist immer gut.«

»Ist noch heiß«, sagte diese und reichte Marek die Tasse.

»Ist sie?«, antwortete Marek abwesend und genehmigte sich einen großen Schluck, wobei er sich die Zunge verbrannte.

»Muss die gesamte Mannschaft antraben, oder gibt es wieder einmal eine intime Privatlektion?«, wollte Redcliff wissen.

»Keine Ahnung«, antwortete der Detective. »Lassen wir uns überraschen.«

»Du weißt, ich hasse Überraschungen!«

»Dann bist du im Morddezernat genau richtig«, entgegnete Marek.

»Witzig, wirklich witzig!«

»Ja, meine Liebe. Aber das bin ich doch immer, ist so meine Art. Das solltest du inzwischen wissen, bist nun lang genug Klassenprimus in meinem Team«, sagte Marek mit dem ihm eigenen Charme und einem anzüglichen Grinsen.

Redcliff schaute Marek an, zeigte ihm einen Vogel und beschloss, nichts weiter dazu zu sagen. Sie kannte ihren Boss inzwischen gut genug, um zu wissen, dass er solche Diskussionen nur führte, um sie auf die Schippe zu nehmen. Nach dem Motto: »Was sich liebt, das neckt sich.« Aber das letzte Wort wollte sie ihm nun dennoch nicht überlassen. Und so sagte sie trotzig und etwas zusammenhangslos: »Was dich nicht umbringt, Marek, das macht dich stark.«

Fünf Minuten später standen sie vor dem Büro von Chief Captain Woolfy Pepperville, und Marek klopfte an seine Tür.

Die Reaktion kam prompt: »Herein, zum Teufel. Warte nicht gerne!«

Die Fahnder traten ein. »Morgen, Chief, wo sind die anderen?«, fragte Marek.

»Was für andere, Marek? Ihr zwei kommt heute in den Genuss einer Privataudienz.«

»Toll, Chief, fühlen uns geehrt. Wenn Sie uns bitte das nächste Mal frühzeitig orientieren würden, dann beehren wir Sie gerne in unserer Paradeuniform. Nicht wahr, Redcliff?«

»Aber sicher, Marek, bin wie immer deiner Meinung.«

»Ruhe, ihr beiden, euer Gelaber nervt und ist mehr als überflüssig.«

»Verstanden, Captain, mehr als überflüssig. Also, wo brennt's?«

»Wir sind hier nicht bei der Feuerwehr, Marek!«, korrigierte dieser mit dem ihm eigenen Humor. Denn der Captain liebte Witze, vor allem seine eigenen. Dann nahm er den Faden wieder auf und verkündete: »Heute ist Teamcoaching angesagt, meine Herrschaften. Wir werden uns die nächsten zwei Stunden mit dem Thema ›Teambildung und Teamwork‹ beschäftigen. Auch wenn diese Begriffe Fremdwörter sind, Begriffe also, die euren Horizont bei Weitem übersteigen, habe ich die Hoffnung nicht aufgegeben, dass ihr im Kleingruppen-Setting doch noch bescheidene Lernfortschritte erzielen könnt. Also, wer von euch erklärt mir, was das Wort ›Team‹ bedeutet? Marek, vielleicht du?«

»Ein Fremdwort, Chief, nicht einfach! Versuche es trotzdem. Könnte heißen: Toll, ein anderer macht's. Hab ich recht, Captain?«, fragte Marek hoffnungsvoll.

»Wie immer am Ziel vorbeigeschossen, Marek. Ich sag's ja, Fremdwörter sind Glückssache! Aber nun genug der Theorie, zurück zur Praxis. Vor euch liegen Schreibzeug, Notizpapier und ein standardisierter Fragebogen. Wie ihr Letzterem entnehmen könnt, sollt ihr je fünf positive und drei negative Eigenschaften nennen, die euren Partner am besten beschreiben. Es ist wichtig, die Fragen möglichst spontan zu beantworten. Apropos ›spontan‹: Dies ist ebenfalls ein Fremdwort und bedeutet frei übersetzt ›aus dem Bauch heraus‹. Alles klar? Dann los, die Zeit läuft! Wir beginnen mit Frage eins.«

»Echt jetzt, wo sind wir denn? Im Zoo oder vielleicht doch eher im Kindergarten?«, fragte sich Redcliff und seufzte ausgesprochen spontan (»spontan«: Das heißt in etwa »aus dem Bauch heraus«, wie wir bereits gelernt haben). Dann verdrehte sie theatralisch ihre himmelblauen Augen, in denen sich sämtliche Frage- und Ausrufezeichen des standardisierten Fragebogens widerspiegelten.

PS: Die Antworten unserer Ermittler zum Thema »Teamoptimierung, ein Brainstorming« sind für Interessierte unten stehend jederzeit einsehbar (bitte Datenschutz beachten).

Antworten von Redcliff

Positives:
- ausgezeichnete Verhörtechnik
- gute Menschenkenntnisse/Beobachtungsgabe
- Fantasie/Sinn für Dramaturgie
- exzellenter Schütze
- guter Partner und Chief, lässt niemanden im Stich ...

Negatives:
- zu selbstsicher
- zu waghalsig
- sonst nichts Auffälliges

Antworten von Marek

Positives:
- gute Auffassungsgabe/Menschenkenntnisse
- professionelle Sanitäterin
- kompetente Sachbearbeiterin
- loyal und hilfsbereit
- tolle Figur ... äh Charakter ...

Negatives:
- zu pünktlich
- zu ordentlich
- nichts mehr

Während der Chief die Fragebogen einsammelte, versprach er eine rasche Auswertung der Interviews. Danach ging er zu Punkt zwei der Traktandenliste, *Verhalten der Polizei im Außendienst*, über: »Also, es geht das Gerücht um«, begann Captain W. Pepperville, »dass sich gewisse Beamte während der Arbeitszeit inner- und außerhalb des Polizeiareals sittenwidrig verhalten und damit das Ansehen ...«

Und bevor der Chief den Satz beenden konnte, quengelte Mareks Handy. »Sie erlauben, Chief ...?«

»Muss ich wohl. Aber Beeilung, Marek, Beeilung, wenn ich bitten darf!«

»Hier Detective André Marek, zehntes Revier, Mordkommission. Womit kann ich dienen?«

»Ein Unfall! Bitte kommen Sie schnell, ein Toter ... im Fitnesspark *Achilleus*!«

»Augenblick, bin gleich wieder für Sie da«, sagte Marek und legte das Handy zur Seite. »Captain, ein Toter im *Achilleus*, Sie entschuldigen uns!«

»Natürlich, ab an die Arbeit ... und halten Sie mich auf dem Laufenden!«

Marek griff erneut zum Telefon: »... wie war doch gleich Ihr Name, Mister?«

»Julius Patton.«

»Ach ja ... und der Tote liegt im Fitnesscenter *Achilleus*, richtig? Gut. Bitte warten Sie auf uns, nichts berühren, wir sind gleich dort!«, sagte Marek und beendete das Gespräch.

»Neuer Fall, Redcliff, neues Glück. Also los, ab durch die Mitte!«

»Bin schon unterwegs, Marek. Alles besser als diese Weiterbildungskurse auf Kindergartenniveau.«

»Immer mit der Ruhe bitte. Tote laufen bekanntlich nicht davon«, witzelte der Captain, der, wie wir bereits wissen, Witze über alles liebt, vor allem seine eigenen.

»Das sehe ich anders, Captain«, widersprach Marek. »Tote sollte man besser nicht warten lassen. Bringt Unglück und erschwert die Ermittlungen. Und noch etwas zum Thema ›sittenwidriges Verhalten‹, Chief: Lovestorys, so wie Sie sich das vorstellen, gibt's in Hollywood und Bollywood, aber nicht in meinem Team. Und wenn doch, bestimmt nicht in Uniform. Stimmt's, Sergeant?«

»Haargenau!«, versicherte Redcliff.

»Raus mit euch«, befahl Pepperville. »Und denkt daran, Elefanten vergessen nichts!«, sagte er mit drohend aufgestelltem Zeigefinger.

3

Am Tatort
Die Fahrt zum Fitnesscenter verlief ohne besondere Vorkommnisse. Aber eine Frage beschäftigte Redcliff nachhaltig: »Marek«, fragte sie, »weißt du, weshalb der Chief ständig rumstänkert und uns immer wieder unsittliches Verhalten im Dienst vorwirft?«

»Klare Sache«, gab Marek genervt zurück, »der will mir wieder mal ans Bein pinkeln, weil exakt er derjenige ist, der auf dich abfährt. Das sieht doch jeder Blinde, oder etwa nicht?«

Redcliff schaute den Detective prüfend an und lächelte dann unschuldig. »Wo Rauch ist, da ist auch Feuer, meinst du? Aber selbst wenn – was natürlich nicht der Fall ist –, kann dir das doch egal sein. «

Marek konterte: »Wie der dich ansieht! Als möchte er dich gleich auffressen. Der steht nicht nur auf dich, der fliegt auf dich! Darauf wette ich mehr als nur einen Whisky!«

»Es reicht, Marek«, sagte Redcliff, die langsam genug von diesem Thema hatte und diese Diskussion endlich beenden wollte. »Zuerst die Arbeit,

Marek, danach deine abenteuerlichen Theorien. Aber übrigens, Eifersucht steht dir ganz gut, mein Lieber!«

»Ich und eifersüchtig? Nie im Leben. Kein Marek ist je auf irgendetwas oder irgendjemanden eifersüchtig!«, ereiferte sich dieser »und schon gar nicht auf ein Monster wie Pepperville!«

»Typisch Mann, kann wieder mal nichts zugeben«, sagte Redcliff und verdrehte ihre strahlend blauen Augen, in denen sich die griesgrämigen Gesichter von Marek und Pepperville widerspiegelten.

Als der Detective und der Sergeant um viertel vor drei im *Achilleus* ankamen, waren sowohl die Sanitäter als auch die Gerichtsmedizin bereits vor Ort.

»Wie machen die das bloß, dass sie immer vor uns am Tatort sind?«, wunderte sich Redcliff.

»Die werden wohl früher aufgestanden sein als wir«, antwortete Marek eher desinteressiert. »Und am Ende ist das auch egal, liebe Steffanie, denn jemand muss ja der Erste sein. Lass uns doch einfach den Toten besichtigen. Denn wie gesagt, Tote warten nicht gerne, auch wenn sie sich streng genommen nicht mehr zu beeilen brauchen.«

Die Kühle, die keuchend aus den alten Ventilatoren des Fitnessstudios strömte, war erfrischend. Kurz angebunden fragte der Detective vor Ort: »Hallo, Jungs, was gibt's?«

»Das Übliche«, entgegneten die Beamten ebenso knapp. »Eine Leiche. Männlich. Wir tippen auf Mord!«

»Toll«, meinte Marek grinsend, »dann ist der Fall ja gelöst.«

Redcliff wandte sich nun ebenfalls an die Kollegen: »Hey, Jungs, etwas präziser wäre nett. Bin mir sicher, in euren Uniformen steckt mehr«, sagte sie leicht anzüglich.

Solchermaßen ermutigt wurden die Kollegen tatsächlich etwas präziser: »Der Tote wurde mit einer Hantelstange erdrosselt.«

»Ja, und danach erwürgt, vermutlich mit einem Gurt, und zu guter Letzt auch noch aufgehängt«, ergänzte der Pathologe, der sich zur Gruppe gesellte.

»Endlich mal was Neues«, mischte sich Marek lautstark wieder ein: »Erdrosselt, erwürgt und aufgehängt! Kein ordinäres Erschießen oder Vergiften! Nein, hier haben wir es doch tatsächlich mit einem kriminalistischen Feuer- respektive Kunstwerk zu tun. ›Mord im Tetra Pack‹ sozusagen, äußerst einfallsreich, ein richtiger Publikumsrenner.«

»Du hast ja recht, Marek, aber geht es auch ein bisschen leiser?«, mahnte Redcliff ihren Vorgesetzten. »Nach dieser tragischen Geschichte hat der Tote Ruhe und Respekt verdient. Und aus seinem ewigen Schlaf reißen wollen wir ihn sicher auch nicht, oder etwa doch?« Dann wandte sie sich wieder dem Pathologen zu und musterte ihn eingehend. Eine auffällige und wenig vorteilhafte Erscheinung: spröde und blasse Haut, die sich um seinen mageren und eingefallenen Körper spannte. Und dann noch seine trockene Art. Kein Wunder, dass ihn seine Kollegen alle Dr. Frankenstein nannten.

Nach diesen Betrachtungen kam Redcliff wieder auf das Corpus Delicti zurück und erkundigte sich nach dem wahrscheinlichen Zeitpunkt des Verbrechens.

»Der Lebertemperatur nach, trat der Tod vor etwa vierundzwanzig Stunden ein« antwortete der Doc.

»Also gestern um vierzehn Uhr dreißig?«, rechnete Marek gewissenhaft nach.

»Könnte hinkommen«, sagte der Arzt und fügte lakonisch hinzu: »Genaueres kann ich aber erst nach der Obduktion sagen.«

»Gute Arbeit, Doc«, lobte Marek.

»Danke«, erwiderte der Arzt, »jederzeit gerne.« An seine Mitarbeiter gewandt sagte er: »Packt den Leichnam ein und bringt ihn in die Gerichtsmedizin.«

»Eine Frage noch, Doc. Weshalb parkieren hier eigentlich gleich zwei Krankenwagen?«

»Der eine ist für den Toten reserviert«, erklärte der Pathologe, »der andere für seinen Entdecker. Dieser erlitt einen Nervenzusammenbruch und steht noch immer unter Schock«.

»Ach ja! Der Zeuge. Den hätten wir fast vergessen. Also, Sergeant, dann wollen wir mal. Hier oben gibt es für uns eh nichts mehr zu tun.«

Die Fahnder nahmen den Lift und verließen das Gebäude. Als sie auf die Straße traten, wurden sie von der Hitze, die vom Asphalt reflektiert und zusätzlich verstärkt wurde, beinahe gegrillt. So wurde der Marsch zur Ambulanz eine echte Tortur. Als sie diese endlich verschwitzt und durstig erreichten, wurden sie von einer hilfsbereiten Sanitäterin begrüßt und mit Wasser versorgt.

»Vielen Dank für den kühlen Drink, echt nett von dir«, sagte Marek und nahm einen großen Schluck.

Die Sanitäterin sagte lächelnd: »Ich mach doch nur meinen Job!«

»Und wo finden wir hier den Doc?«, erkundigte sich Marek.

Die Frau zeigte in Richtung Ambulanz: »Er dürfte sich um den Patienten kümmern.«

Beim Notfallwagen angekommen, fragte Marek den Doc, der sich über den Patienten gebeugt hatte, um ihn fachmännisch zu lagern: »Wie geht es unserem Zeugen?«

»Den Umständen entsprechend«, meinte dieser.«

»Ist der Patient vernehmungsfähig?«, wollte Redcliff wissen.

»Versuchen kann man es, aber bitte nur kurz. Wie gesagt, der Patient steht noch unter Schock.«

»In der Kürze liegt die Würze«, erklärte Marek und nahm sich den Zeugen vor: »Mister Patton, richtig? Ich bin Detective Marek, Mordkommission. Wir haben miteinander telefoniert. Wie geht es Ihnen?«

»Nicht wirklich gut«, sagte Patton. »Das war vielleicht ein Schock. Man findet ja nicht jeden Tag eine Leiche.«

»Haben Sie das Opfer gekannt?«, erkundigte sich Marek.

»Kennen ist wohl zu viel gesagt, aber ich habe Mr. Dashkin öfters im Fitnesscenter trainieren sehen.«

»Der Tote heißt Dashkin?«

»Ja. Heißt er.«

»Stammgast?«, fragte Marek.

»Kann man sagen. Er trainierte früher drei- bis viermal die Woche. In letzter Zeit allerdings deutlich weniger, vielleicht einmal die Woche«, sagte Mr. Patton erschöpft und schloss die Augen.

»Will Sie nicht länger quälen, besten Dank, Mr. Patton. Hier meine Visitenkarte. Falls Ihnen noch etwas einfallen sollte.« Und an den Arzt gewandt: »Doc, der Patient gehört wieder Ihnen.« Dann verließen Marek und Redcliff den Tatort.

Als sie im Auto saßen, sagte Marek: »Wenn mir mal was passieren sollte, musst du dafür sorgen, dass Doc Frankenstein nicht an mir herumschnipselt und herumexperimentiert.«

»Warum sollte ich? Wäre doch toll, wenn der Doc aus dir ein richtiges Monster, einen neuen Doctor Frankenstein, erschaffen würde. Detective Marek Frankenstein, der Schrecken aller Vorgesetzen und Gangster. Das wär' ein Ding!«, kicherte Redcliff.

»Ha, ha«, sagte Marek. »Und zur nächsten Halloween-Party gehen wir dann als Mr. und Ms. Frankenstein-Redcliff!«

»Nein, das lieber nicht, du weißt doch, ich mag Halloween nicht.«

»Stell dich nicht so an«, reklamierte Marek. »Geben wir dem Police Department doch endlich die Chance, uns in flagranti beim Flirten zu ertappen.«

»Wenn wir uns so weitere Teamschulungen mit Chief Woolfy ersparen können, warum nicht«, sagte Redcliff lachend. Aber nach einer kurzen Pause korrigierte sie sich: »Andererseits wäre es doch schrecklich, wenn ich Woolfy nicht mehr flattieren könnte«, sagte sie mit heiserer Stimme und verdrehte dabei theatralisch ihre himmelblauen Augen, in denen sich das verliebte Gesicht von Chief Pepperville zu spiegeln schien. Dann startete sie den Motor.

Marek räusperte sich: »Redcliff, der Doc sagte doch, der Mord müsse vor circa vierundzwanzig Stunden geschehen sein, richtig?«

»Korrekt, weshalb fragst du?«

»Das würde heißen, der Mord passierte gestern Mittag.«

»Genial berechnet, Marek, aber du wiederholst dich. Was treibt dich um? Los, raus damit!«

Marek blieb hartnäckig. »Der Mord passierte gestern um etwa vierzehn Uhr, gefunden wurde die Leiche aber erst einen Tag später!«

Als Redcliff noch immer nicht reagierte, seufzte Marek: »Mensch, Redcliff, so heiß kann es doch gar nicht sein, dass es bei dir nicht klingelt!«

Nach einer längeren Pause griff sich Redcliff an die Stirn: »Langsam, aber sicher fällt der Groschen! Natürlich, da kann tatsächlich eine Menge passiert sein. Muss nicht – kann aber! Vielleicht hat jemand nachträglich den Tatort verändert? Die Leiche bewegt? Oder den Leichnam gekühlt, mit der Absicht, die Tatzeit zu verschleiern?«

»Na endlich, Redcliff, hundert Punkte!«, freute sich Marek, und die Ermittler klatschten sich in die Hände. Dann klingelte Mareks Handy. Er blickte kurz auf das Display, schnitt eine Grimasse und sagte: »Okay, Captain, wir kommen.«

»Was will denn Pepperville schon wieder?«, stöhnte Redcliff.

»Chief Woolfy schreit, als würde die Welt untergehen«, sagte Marek achselzuckend und fügte resigniert hinzu: »Dann also los, Raubtierfütterung. Schauen wir, worum zum Teufel es dieses Mal geht. Aber es würde mich sehr überraschen, wenn wir es nicht schon wüssten.«

»Na klar, Teamschulung!«, bestätigte Redcliff. »Und dann ist uns der Chief auch noch die Ergebnisse der Mitarbeiterbefragung schuldig. Bin gespannt, ob dabei etwas Gescheites rausgekommen ist!«

»Wohl eher nicht«, mutmaßte Marek und drängte zum Aufbruch: »Also los, meine Liebe. Aufgestiegen und in rasendem Galopp ab in den Stall.«

Redcliff tat wie befohlen und gab Gas. Ziemlich viel Gas sogar. Zum Glück waren zu dieser Zeit keine Radarfallen in Betrieb, zumindest keine funktionierenden. Jedenfalls erreichten die Fahnder das Präsidium, ohne geblitzt zu werden.

Dort wurden sie von Chief Pepperville schon ungeduldig erwartet und in sein Büro zitiert: »Schau an, schau an. Mein Lieblingsteam, oder sollte ich besser sagen, mein Liebesteam?« Wie so oft eröffnete der Chief die Sitzung mit einem erfrischenden Witz, bei dem er jeweils der Einzige war, der lachen musste.

»Redcliff, weißt du, von welchem Team der Captain spricht?«, fragte Marek.

»Nein, keine Ahnung. Beim besten Willen nicht«, antwortete Redcliff unschuldig: »Uns kann der Chief ja wohl nicht gemeint haben, nicht wahr, Captain?«

»Wollt ihr mich verarschen!«, schnauzte Pepperville die Ermittler an.

»Kommt ganz auf den Arsch an, Sir«, gab Marek respektlos zurück, und Redcliff musste sich ein Lachen verkneifen.

»Ha, ha, das Lachen wird euch schon noch vergehen, ihr solltet inzwischen wissen, wer von uns am längeren Hebel sitzt!«

Marek atmet tief und scharf durch die Nase. Dann antwortete er gereizt: »Zu Hause ein Pantoffelheld, im Büro eine große Nummer – und all das ausbaden dürfen natürlich die Angestellten!«

»Das reicht, Marek!«, schrie der Captain, der seine Beherrschung zumindest kurzfristig verloren hatte. Er war rot angelaufen im Gesicht und brüllte: »Von dir kein Wort mehr, Marek, sonst …« Doch als er spürte, wie zwei himmelblaue Augen ihn besorgt musterten, sagte er beherrscht: »Ich weiß, dass ihr mich nicht leiden könnt, obwohl …«

Marek, der wieder einmal nicht auf seinem Mund hocken konnte, unterbrach den Captain: »Da haben Sie durchaus recht, Chief. Meist nicht, aber an Weihnachten, dem Fest der Liebe, da ...«

Doch diesmal ließ sich der Captain nicht provozieren. Er unterbrach Marek gekonnt und kam ohne Umschweife auf den eigentlichen Grund des Meetings zu sprechen: »Maßnahmen zur Teambildung sind ein zu wichtiges Führungsinstrument, als dass ein kompetenter Führungsoffizier darauf verzichten könnte. Von meinen Mitarbeitern verlange ich deshalb Respekt und volle Aufmerksamkeit und verweise auf eure verdammte Mitwirkungspflicht. Verstanden?!«

»Verstanden, Sir, Teambildung ist wichtig!«, antworteten die Fahnder und unterdrückten tapfer spontan aufkommende Lachreize.

Redcliff fügte hinzu: »Es gilt einer für alle, alle für einen, nicht wahr, Chief?«

Das war Marek nun doch zu viel des weiblichen Gesäusels, und er schlug dem Captain einen Deal unter Männern vor: »Wenn wir beim Teamcoaching loyal mitmachen, Chief, versprechen Sie, die Sache so kurz und schmerzlos zu machen wie nur möglich?«

»Versprochen«, sagte Captain Pepperville. »Doch jede Befragung dauert halt so lange, wie sie dauert«, orakelte er. »Aber«, versprach er gönnerhaft, »danach habt ihr ein Jahr lang Ruhe. Dafür bürge ich.«

»Bitte setzen und festschnallen«, befahl nun ein sichtlich besser gelaunter W. Pepperville, bei dem Hochs und Tiefs so rasch zu wechseln schienen wie Sonne und Regen im April. Und voller Elan ermunterte er seine Sorgenkinder, bei der Mitarbeiterschulung ihr Bestes zu geben, da heutzutage lebenslanges Lernen in Gottes Namen sehr wichtig ist, denn: *Wer rastet, der rostet.* Oder wie man auch sagt: *Wer nicht mit der Zeit geht, der geht mit der Zeit!* Offensichtlich hatte der Captain nicht nur seine Haltung, sondern auch seinen zugegebenermaßen etwas eigenen Humor sowie seine alte Angriffslust wiedergefunden.

Nach dieser motivierenden Einleitung machte der Captain eine bedeutsame Pause, bückte sich und öffnete seine schwarze Ledermappe. Er entnahm ihr feierlich die brandneuen, standardisierten Fragebogen, die er eigens für sein Polizeicorps in Auftrag gegeben hatte und überreichte seinen Mitarbeitern je ein Exemplar.

Captain Peperville stellte nun die Fragen, und Detective Marek und Sergeant Redcliff beantworteten diese pflichtbewusst.

Frage 1:

»Wie erleben Sie Ihren Partner in punkto Transparenz und Teamfähigkeit? Marek, zuerst Sie!«

»Chief, ich schätze den Sergeanten sehr, unsere Zusammenarbeit und Teamfähigkeit würde ich als ausgesprochen gut bezeichnen.«

»Und nun zu Ihnen, Redcliff!«

»Teamwork klappt bestens, unser Team ist super.«

Frage 2:

»Würden Sie Ihr Team gern wechseln, wenn Sie die Möglichkeit dazu hätten? Marek?«

»Ein besseres Team als das unsere kann ich mir nicht vorstellen! Ein Teamwechsel macht so keinen Sinn.«

»Redcliff?«

»Schließe mich der Meinung des Detectives an, Sir.«

»Danke, meine Herrschaften. Wir kommen nun zur Frage 3«, sagte Captain W. Pepperville, dem ein gut strukturiertes Interview sehr wichtig war.

Frage 3:

»Umgang Ihres Partners mit schwierigen Situationen. Redcliff, Sie zuerst«

»In schwierigen Situationen und bei Gefahr läuft Marek zur Höchstform auf«, sagte Redcliff anerkennend. »Ich würde ihm jederzeit mein Leben anvertrauen.«

»Danke, Sergeant. Und nun Sie, Detective«

»Der Sergeant ist schlicht klasse, könnte mir keinen besseren Partner vorstellen. Vertraue ihm bedingungslos.«

Frage 4:

»Was ist euch lieber: Team wie gehabt, aber ohne ständiges Rumturteln oder alternativ: Versetzung in ein anderes Team?«

Redcliff sagte: »Sir, da zwischen Marek und mir nichts Privates läuft, erübrigt sich diese Frage!«

Und Marek ungehalten: »Habe den Ausführungen des Sergeanten nichts hinzuzufügen!«

»Ladys and Gentlemen«, sagte Chief Pepperville, »dann ist die Befragung abgeschlossen. Danke für die geschätzte Mitarbeit.«

»Und wie soll's nun weitergehen, Chief?«, fragte Redcliff leicht angepisst. Denn trotz aller Bedenken hätte sie von der Personalabteilung doch einen etwas professionelleren Fragebogen erwartet als diesen müden Papiertiger.

»Wie es weitergeht, werde ich euch nach der Auswertung der Umfrage persönlich mitteilen«, versprach der Captain. »Doch bis es so weit ist, bleibt alles beim Alten. Und nun marsch, zurück an die Arbeit, husch, husch!«, befahl Captain W. Pepperville und klatschte in die Hände.

»Zu Befehl, Chief«, sagten die Fahnder.
Als sie das Büro verlassen hatten, sagte Redcliff empört: »Und so was schimpft sich Weiterbildung? Das ist doch bestenfalls ein billiges und peinliches Verhör, und zwar eines der schäbigeren Sorte. Mitarbeiterschulung, dass ich nicht lache!«

»Ganz deiner Meinung, Sergeant«, sagte Marek. »Aber dieser Nonsens sollte uns nicht den Abend verderben. Ich glaube, wir haben uns wacker geschlagen und uns definitiv ein Feierabendbier verdient, hab ich recht oder hab ich recht, liebe Steffanie?«

»Aber so was von, lieber André«, stimmte Redcliff zu.

Sie verließen das Polizeigebäude und schlenderten gemütlich zu ihrer Stammbeiz, einer Bar drei Blocks entfernt, wo sich jeweils die Kollegen vom Morddezernat und von der Feuerwehr trafen.

Und an diesem Tag hatten sich die Kollegen besonders viel zu erzählen. Außergewöhnliche und spannende Geschichten aus ihrem Alltag, Erfolge und Misserfolge und vieles mehr.

Aber die mit Abstand beste Geschichte zu erzählen hatten wieder einmal Marek und Redcliff. Alle amüsierten sich köstlich, denn die doch etwas spezielle Beziehung von Marek und Redcliff zu ihrem Chief war immer wieder etwas Besonderes und hatte schon fast Kultcharakter. Lustig und komisch zugleich und immer aufs Neue zum Lachen anregend.

4

Unterwegs vom Schießplatz zur Pathologie
Am nächsten Morgen, noch bevor die Fahnder ihre Ermittlungen wieder aufnehmen konnten, wurden sie von Chief Woolfy für das obligatorische vierteljährliche Schießtraining vom Innendienst abgezogen und auf das Schieß- und Exerziergelände der Polizei bestellt. Für Marek und Redcliff kein Problem, gab es doch nichts Schöneres als ein Wettschießen in freier Natur.

Der diensthabende Officer sah sie schon von Weitem kommen und schmunzelte: »Ah, das Team Marek, wie es leibt und lebt! Wird man euch denn niemals los?«

»Vergiss es, alter Freund«, sagte Marek, »werden dich um Jahre überleben!«

»Hättest du wohl gerne, aber ich sehe keinen Grund, vor euch abzutreten!«

»Vielleicht wegen den fettigen Verlockungen des Burger Kings von vis-à-vis? Deine Frau wird dich ja kaum ohne Grund auf Diät gesetzt haben«, frotzelte Redcliff und musterte ungeniert das im Bauchbereich straff gespannte Polizeihemd des Kollegen. Und nach einer kurzen Pause fügte sie etwas boshaft hinzu: »Obwohl das offenbar auch nicht viel zu nützen scheint ...«

»Weiber!«, sagte der Officer wenig beeindruckt. »Aber zum Glück hat der liebe Gott in seiner großen Weisheit das Mundspray erschaffen, als Lockmittel für launige Weiber und als Geheimwaffe gegen allfälligen verräterischen Knoblauch- und Ketchupgeruch.«

»Schäm dich«, hakte Marek nach, »jetzt betrügst du nicht nur dich, sondern auch noch deine Frau. Und das erst noch mit Fast Food! Respekt, Officer, Respekt.«

»Genug gequatscht, was kann ich für euch tun? Nehmt ihr dieselben Schießeisen wie üblich?«, wechselte der Officer genervt das Thema.

»Nein, ich habe Lust auf was Neues«, sagte Redcliff. »Also gib mir bitte ein KSG Shotgun, einen MP5A3 Tactical Lighted Forearm, eine FN P90 mit Laser, Schalldämpfer und Flashligth, einen STYR AUG RAS Tactical mit Laser und zur Krönung die Han Solo Blaster M712.«

»Ausgezeichnete Wahl, Sergeant, vor allem die Han Solo Blaster M712«, sagte der Officer, auf das Spiel seiner Kollegin eingehend. Denn auch er war ein großer Fan von Star Wars. »Ich werde dich umgehend informieren, wenn deine Kriegsausrüstung aus dem Hyper-Space irgendwann in der realen Welt eintreffen sollte. Aber im Ernst, welche Waffe darf es denn diesmal sein?«

»Die HK-USP Tactical mit Laser, bitte.«

»Okay, hier sind wir«, sagte der Officer und übergab Sergeant Redcliff die Waffe.

»Danke, der Herr«, sagte Redcliff und sah ihn mit ihren blauen Augen, in denen sich die unendliche Weite des Hyper-Space zu spiegeln schien, nachdenklich an.

»Und mit welchen ausgefallenen Geschenken darf ich dich beglücken, Marek?«, fragte der Officer.

»Nun hör gut zu und spitze die Ohren«, sagte Marek und gab eine noch umfangreichere und fantastischere Bestellung auf als Redcliff zuvor. Mittendrin unterbrach sich Marek dann aber selbst: »Genug geflunkert«, sagte er und gab sich in der Folge mit einer M110 SASS mit Schalldämpfer und Zielfernrohr sowie einer handlichen P226 zufrieden. »Wäre nett, wenn du die Dinger für mich in meinem Stealth Panzerfahrzeug deponieren könntest – ist gleich um die Ecke parkiert.«

»Geht klar«, sagte der Officer, »aber woher zum Teufel hast du das Stealth-Fahrzeug und wozu diese Bewaffnung? Ist womöglich der Dritte Weltkrieg ausgebrochen?«

»Nein, aber Vorsicht ist die Mutter der Porzellankiste«, erwiderte Marek mit Nachdruck.

Als die Ermittler sich vom Officer verabschiedet hatten, fragte Redcliff den Detective ebenfalls einigermaßen überrascht, wozu in aller Welt er für den Polizeidienst ein halb automatisches Scharfschützengewehr benötige.

»Damit ich den Umgang mit dieser Präzisionswaffe nicht verlerne, Redcliff. Denn bevor ich zur Mordkommission wechselte, diente ich bei den Marines als Scout Sniper. Dort lernte ich diese Waffe kennen und schätzen. Sie ist scharf und präzise, so wie ich und sieht fast so toll aus wie du.«

»Danke fürs Kompliment, Detective, aber du hast mich doch nicht eben mit einem Stück Stahl verglichen, hoffe ich?«, fragte Redcliff.

Auf ihr Spiel eingehend sagte Marek kleinlaut: »Nein, natürlich nicht … keinesfalls.«

Nachdem unsere Schützen die meisten Magazine leer geschossen hatten, gingen sie zum hintersten Teil des Schießplatzes, wo sich Marek mit seinem Scharfschützengewehr versuchte, und zwar auf eine Schussdistanz von siebenhundertfünfzig Meter. Er lud das Gewehr und nahm eine bequeme Schussposition ein, so wie er es bei den Marines Scout Sniper gelernt hatte. Er achtete auf seine Atmung und schoss dann die restlichen Magazine leer.

»Wow«, sagte Redcliff, als sie das Schussbild sah. »Mein Ex war Schützenkönig in seinem Regiment, aber so was habe ich noch nie gesehen! Gratuliere, großartig!«

»Was«, fragte Marek empört, »du vergleichst einen Marine Sniper mit einem gewöhnlichen US Army Soldier? Was die können, hat doch bestenfalls Kindergartenniveau.«

Nach getaner Arbeit kehrten unsere Schützen widerstrebend ins Präsidium zurück. Wenig später klingelte das Handy, und der Doc bat sie in die Pathologie. Dort angekommen, gestand Marek: »Wenn ich einen Ort hasse, dann diesen hier.«

»Ah, sieh einer an! Der Marine Scout Sniper fürchtet sich vor Leichen?«, foppte Redcliff.

»Nein, natürlich nicht«, sagte Marek einigermaßen verlegen. »Aber hast du *Resident Evil oder The Walking Death* gesehen? Genauso fühle ich mich jeweils hier unten in der Pathologie.«

»Und zuletzt glaubst du auch noch an Zombies?«, witzele Redcliff.

»So ein Quatsch«, sagte Marek, »aber der Geruch hier unten macht mich nervös. Erinnert mich an meinen nächsten Zahnarztbesuch. Und vor dem fürchte ich mich extrem. Etwa so, wie manche sich vor Spinnen oder Schlangen fürchten.«

Redcliff sah Marek lange an und musste dann herzhaft lachen.

»Lachst du mich jetzt etwa aus? Nur weil ich den Fehler gemacht habe, dir mein Herz auszuschütten wie ein domestizierter Softi?«

»Nein«, sagte Redcliff, »es ist einzig die Schadenfreude, die mich zum Lachen bringt. Das hat *Mann* davon, wenn er die Zähne nur am Wochenende und an Feiertagen putzt.«

»Weißt du was, Redcliff, du nervst!«, gab der Detective missmutig zurück. »Mit Untoten und Zahnärzten scherzt man nicht.«

Sie gingen in die Leichenhalle, wo der Doc mit der Leiche bereits auf sie wartete. Er schaute kurz auf, begrüßte sie und sagte: »Ich hab's!«

Marek sagte: »Hoffentlich nichts Ansteckendes?«

Redcliff musste erneut lachen.

Beim Doc hingegen dauerte es eine Weile, bis der Groschen fiel. Mit einer gewaltigen Verspätung brach auch er in ein donnerndes Gelächter aus.

»Natürlich nichts Ansteckendes«, sagte er freundlich, etwas zu freundlich für Redcliffs Geschmack. »Trotzdem, an eurer Stelle würde ich die Tollwutimpfung möglichst rasch nachholen!«

Die Fahnder wurden bleich, denn sie fürchteten Spritzen ebenso wie der Teufel das Weihwasser – was sie Dritten gegenüber allerdings niemals zugegeben hätten.

Doch am Gesichtsausdruck des Doc konnten sie ablesen, dass diesmal sie es waren, die verarscht wurden.

Marek antwortete: »Respekt, Doc, gut gekontert. Also, was haben Sie Schönes für uns?«

»Erstens, danke für die Blumen und zweitens habe ich die möglichen Todesursachen gefunden.«

»Toll«, sagte Marek. »Aber was heißt hier *möglicherweise* und *die möglichen* Todesursachen?«

»Gibt es denn mehrere Möglichkeiten«, fragte Redcliff neugierig. »Darf man raten?«

»Drei«, sagte der Doc mit einem Achselzucken.

»Drei?«, wunderte sich Marek und holte tief Luft. »Dann nenn uns doch wenigstens eine davon. Und zwar die wahrscheinlichste, damit wir uns ein besseres Bild von der Sache machen können!«

»Okay«, sagte der Doc in einem Ton, der Marek unangenehm an seinen Biologielehrer aus längst vergangenen Tagen erinnerte. »Seht ihr diese oberflächlichen Verfärbungen hier am Hals?«

»Ja«, sagte Marek. »Das Opfer wurde erwürgt?«

»Nein«, sagte der Doc. »Wenn wir von der Strangulationstheorie ausgehen, welche drei verschiedene Arten ...«

»Werden Sie bitte nicht allzu wissenschaftlich«, unterbrach Redcliff und fragte dann gezielt nach: »Welche Strangulationsmethoden gibt es, Doc? Und wie unterscheiden sich diese?« Redcliff machte sich schon mal auf einen weiteren detaillierten und ausschweifenden Vortrag gefasst, von dem sie dann – wenn überhaupt – doch nur die Hälfte verstehen würde.

»Also«, begann der Doc, »es gibt drei Arten der Strangulation: konkret das Erhängen, das Erdrosseln und das Erwürgen, wobei Letzteres zweifellos die populärste der drei Methoden ist. Denn anders als beim Erhängen oder Erdrosseln braucht es hier keinerlei Hilfsmittel – der Täter bedient sich einzig seiner Hände, mit denen er den Hals des Opfers zusammendrückt. Der Mörder legt also im wahrsten Sinne des Wortes Hand an! Todesursache ist dann der Sauerstoffmangel – das Opfer erstickt. Postmortale Anzeichen sind: Brüche des Kehlkopfes und/oder des Zungenbeins. Fragen bis jetzt?«

»Nee, alles klar wie trübe Gemüsesuppe«, antwortete Marek. »Doch wie geht es nun weiter, Doc?«

»Nun gut. Da alles klar zu sein scheint«, ließ sich der Doc nicht beirren, »kommen wir nun zum Erhängen. Hier erfolgt die Tötung durch Zusammenschnüren des Halses oder Brechen des Genicks mittels eines Seils respektive einer Schlinge, wobei der Schwerkraft eine besondere Bedeutung zukommt, sei dies beim Sturz des

Körpers oder beim Hochziehen – so wie dies in unserem Fall geschehen ist. Im Übrigen ist das Erhängen eine der häufigsten Selbstmordarten, vor allem bei Männern. Fragen hierzu?«

Da dies nicht der Fall war, setzte der Doc sein Referat nach einer kurzen Pause fort: »Wie beim Erwürgen«, dozierte er, »tritt der Tod auch beim Erdrosseln als Folge akuten Sauerstoffmangels ein. Und wie beim Erhängen wird der Tod mit Hilfsmitteln wie Draht, Schnur oder Seil herbeigeführt, setzt darüber hinaus aber Kraft und aktives Handeln des Täters voraus. Und im Unterschied zum Erwürgen passiert Erdrosseln niemals nur im Affekt, sondern ist stets Teil eines Plans.«

»Tolle Ausführungen, Doc. Wirklich sehr interessant und im Ansatz sogar für Laien verständlich«, bedankte sich Redcliff.

Marek hingegen war weniger begeistert. Mürrisch fragte er: »Aber was ist nun mit unserem Opfer? Wurde es erwürgt, erdrosselt oder erhängt?«

»Tja, das ist ja das Spezielle an diesem Fall«, erklärte der Doc. »Es scheint, als träfen hier gleich zwei der drei Tötungsarten zusammen – und eine davon sogar doppelt. Denn der Tote wurde erst mit einer Hantelstange und danach mit einem schmalen Gurt oder einem Seil erdrosselt. Und als wäre das nicht genug, wurde er am Schluss auch noch erhängt.«

»Wow, da muss jemand sehr wütend auf den Toten gewesen sein«, meinte Redcliff beeindruckt. »Gibt es DNA-Spuren oder Fingerabdrücke?«

»Bis jetzt nicht, aber wir bleiben dran«, sagte der Doc und fuhr nachdenklich fort: »Auf jeden Fall haben wir es hier mit einem außergewöhnlichen Verbrechen zu tun – mir jedenfalls ist keine ähnliche Tat bekannt. Ich bin fast geneigt zu sagen, wir haben es hier mit einem perfekten Mord zu tun!«

»Du magst mit deinen Ausführungen ja recht haben, Doc«, spann Marek den Faden weiter. »Dieser *Dreifachmord* an ein und derselben Person ist wirklich seltsam und verwirrend. Aber einen *perfekten Mord*, das akzeptiere ich nicht! Jeder, auch der größte Verbrecher, macht irgendwann einen Fehler. An uns liegt es dann, diesen zu finden!«, sagte Marek energisch.

»Ganz deiner Meinung, Marek«, unterstützte Redcliff ihren Boss. »Trotzdem, Doc, besten Dank für deine kompetenten Ausführungen.« Und an die Adresse von Marek: »Zugegeben, auf den ersten Blick etwas akademisch, die Ausführungen des Doc. Auf den zweiten aber durchaus hilfreich. Ich bin gespannt, was die Obduktion sonst noch alles verraten wird.«

Marek nickte. »Trotzdem, Doc. Zwei Fragen hätte ich noch. Wenn ich dich richtig verstanden habe, ist das Opfer quasi drei verschiedene Tode gestorben.

»Exakt ... Und wenn ich drei sage, dann meine ich auch drei. Und nicht vier und auch nicht fünf!«, antwortete der Doc verärgert.

Redcliff schaute ihn schmunzelnd an, sagte aber weiter nichts.

»Und die zweite Frage, Marek?«

»Woran ist unser Opfer nun wirklich gestorben, Doc?«

»Todesursache ist Erdrosseln, keine Frage! Wahrscheinlich mithilfe der Hantelstange. Aber jetzt ist genug gesagt, werde anderswo auch noch gebraucht.«

»Sind ja schon weg«, sagte Marek. »Aber etwas Sonne würde dir auch nicht schaden, Verehrtester, du siehst ja bald blasser aus als deine Kundschaft!«

Auf dem Weg nach oben schwiegen die Fahnder wie Fische in der Tiefkühltruhe. Redcliff überlegte fieberhaft das weitere Vorgehen, denn dieser Fall war wirklich verzwickt. Marek hingegen war mehr mit anderweitigen, berufsfremden Inhalten beschäftigt und begutachtete ausgiebig die muskulösen Beine und die weiblichen Rundungen seiner Partnerin.

Der Unterwelt entkommen, begrüßten sie als Erstes dankbar die Sonne und genehmigten sich dann einen extra starken Espresso.

Danach schlenderten sie hinüber zur Forensik. Während Sergeant Redcliff die Brieftasche des Toten untersuchte, schaute Marek zum Fenster hinaus und studierte den blauen Himmel. Dabei stellte er sich vor, wie es sich wohl anfühlen würde, wenn er und Redcliff ein Paar wären. Er war sich sicher, dass Redcliff für ihn mehr war als nur eine gute Kollegin. Aber was genau, das konnte er beim besten Willen nicht sagen. Ob es Redcliff wohl ebenso erging? Keine Ahnung. Denn welcher Mann versteht schon eine Frau? Obwohl …

Ein Tritt gegen sein Schienbein holte Marek in die Wirklichkeit zurück. »Aua«, stöhnte er, »das tut weh!«, und massierte intensiv sein rechtes Schienbein.

»Wärst du wohl so nett, mir zuzuhören, Marek? Ich möchte endlich wissen, wer von uns die Gattin des Verstorbenen informieren soll.«

»Wie du weißt, ist das Überbringen von schlechten Nachrichten Chiefsache«, sagte Marek. »Doch dazu brauche ich den Personalausweis des Toten, sofern es einen solchen gibt.«

Redcliff durchsuchte Dashkins Brieftasche und gab dem Detective das gewünschte Dokument.

Marek warf einen kurzen Blick darauf und brummte: »Das Opfer heißt also definitiv Matthew Dashkin, das haben wir nun auch amtlich. Fehlt nur noch seine Telefonnummer!«

Redcliff kramte erneut in den Unterlagen und fischte eine Visitenkarte heraus. »Die Nummer, der Herr!«, sagte sie. Zusätzlich schob sie Marek ein Foto von Ms. Dashkin im schicken Sportanzug zu.

»Wozu das Foto? Willst du, dass ich eine Vermisstenmeldung aufgebe? Möglicher Text dazu: Gesucht sportliche Witfrau, unterwegs im Trainingsanzug zwecks Zeugeneinvernahme?«, fragte Marek misslaunig.

»Nein, natürlich nicht.«

Nach einer kurzen Pause sagte Marek: »Ich hasse solche Anrufe.«

»Soll ich den Anruf für dich erledigen?«, anerbot sich Redcliff.

»Auf keinen Fall!«

»Warum nicht, wenn du dich damit so schwertust?«

»Deshalb«, erwiderte der Detective eingeschnappt. »Und auf die Gefahr hin, mich zu wiederholen: Chiefsache ist Chiefsache. Und der Chief, der bin nun mal ich.«

In gewissen Situationen waren sich Marek und Pepperville in ihrem Verhalten oft gar nicht so unähnlich, stellte Redcliff verwundert fest. Dann diktierte sie Marek wie verlangt die Telefonnummer der Dashkins.

Kurz darauf hörte man eine aufgebrachte Frauenstimme aus dem Äther: »Hallo, Matt, bist du's? Wo steckst du? Ich warte schon die längste Zeit auf ein Lebenszeichen von dir. Sag es ruhig: Aus unserem Segeltörn wird wohl auch diesmal nichts?! Hätte ich mir denken können! Ich ...«

»Guten Tag, ist Claudia Dashkin am Apparat?«, unterbrach Marek die Lady.

»Und wer sind Sie?«, wollte Ms. Dashkin wissen, als sie die ihr fremde Männerstimme vernahm.

»Hier ist Detective André Marek, Morddezernat, zehntes Revier.«

»Polizei, Morddezernat?«, fragte Ms. Dashkin überrascht.

»Ja, beantworten Sie bitte meine Frage: Sind Sie Claudia Dashkin persönlich oder nicht?«

»Natürlich, wer denn sonst?«

»Wann haben Sie Ihren Mann das letzte Mal gesehen?«

»Vor zwei Tagen«, sagte Ms. Dashkin irritiert. »Allerdings nur kurz. Wir haben einen Espresso zusammen getrunken. Danach fuhr Matt ins Büro, er schien es ziemlich eilig zu haben. Kurz darauf machte ich mich ebenfalls auf den Weg. Ich hatte erst noch etwas im Krankenhaus zu erledigen. Danach fuhr ich direkt zum Seminarhaus ›Sunrise‹, wo ich einen zweitägigen Weiterbildungskurs besuchte. Als ich gestern nach Hause kam, fehlte von Matt jede Spur. Um circa dreiundzwanzig Uhr legte ich mich mit einem unguten Gefühl schlafen. Und seit ich aufgestanden bin, sitze ich vor dem Telefon und warte auf einen Anruf meines Mannes. Dass Matt die Nacht über einfach wegbleibt, ist bisher noch nie vorgekommen.«

Hier machte Ms. Dashkin eine Pause und fragte dann stockend: »Mordkommission, haben Sie vorhin gesagt, wenn ich Sie richtig verstanden habe? Ist etwas mit meinem Mann, Detective? Muss ich mir Sorgen machen?«

»Das ist eine Sache, die ich lieber nicht am Telefon besprechen möchte, Ms. Dashkin.«

»Ich bestehe aber darauf, Detective!«

»Nun gut. Leider schlechte Nachrichten, Ma'am. Ihr Gatte liegt seit gestern in der Gerichtsmedizin!«, sagte Marek leise, aber bestimmt, so wie er es in seiner Ausbildung gelernt hatte. »Wurde ermordet. Im *Achilleus*, beim Training!«

»Und das sagen Sie erst jetzt!«, beschwerte sich Ms. Dashkin laut und aufgebracht, sodass Marek das Handy auf Abstand halten musste. Als die Witwe schwieg, fuhr Marek fort: »Ms. Dashkin, Ihr Mann muss offiziell, am besten von einem Angehörigen, identifiziert werden. Formsache zwar, aber nicht zu umgehen. Zudem hätten wir noch ein paar Fragen an Sie, die eventuell zur Klärung des Falls beitragen können. Fühlen Sie sich dazu in der Lage, oder sollen wir das

Ganze besser auf morgen verschieben? Was meinen Sie, wann können wir Sie auf dem Präsidium erwarten?«

Ms. Dashkin brauchte nicht lange, um sich zu entscheiden. »Armer Matt«, schluchzte sie. »Ich komme sofort, Detective. Das bin ich meinem Mann doch schuldig.«

»Das ist eine vorbildliche Einstellung, Ma'am!«, lobte Marek.

»Besucherparkplätze sind im Hof ausreichend vorhanden! Wenn Sie sich gleich auf den Weg machen, könnten Sie so gegen viertel vor fünf bei uns auf dem Revier sein.«

»Ich beeile mich, Detective«, versprach Ms. Dashkin und legte auf.

5

Lieber spät als nie

»Von wegen dreiviertel fünf!«, murrte Marek nach einem Blick auf seine Uhr. »Die Lady ist seit einer Stunde überfällig. Habe weiß Gott Gescheiteres zu tun, als stundenlang auf sie zu warten«, sagte Marek sichtlich verärgert.

»Geduld bringt Rosen, Marek. Sie kommt bestimmt, wird wohl im Verkehr stecken geblieben sein«, sagte Redcliff besänftigend. Und auf die Uhr blickend: »Du weißt ja, Feierabendverkehr, Rushhour.«

Zur selben Zeit meldete sich an der Rezeption des elften Polizeireviers eine gut aussehende Dame mittleren Alters und verlangte, noch ganz außer Atem, nach einem Detective Marek. Als der Schalterbeamte die Besucherin höflich darauf hinwies, dass es hier keinen Detective Marek gäbe, fragte die Lady nervös: »Und da sind Sie sich ganz sicher, Officer? Mein Name ist Claudia Dashkin, und ich habe vor einer Stunde mit Detective Marek telefoniert.«

»So sicher, wie ich vor Ihnen stehe, Ma'am«, antwortete der Officer. Und dann wandte er sich stirnrunzelnd an seinen Kollegen: »Hey, Mike, du hast doch früher auf dem zehnten Revier gearbeitet?«

»Aber ja doch. Warum?«

»Diese Lady sucht einen Detective Marek von der Mordkommission. Gibt es eventuell einen solchen auf dem zehnten Revier?«

»Na klar, Pete! Marek ist ein Teufelskerl, der beste Fahnder weit und breit«, sagte Mike bewundernd.

»Danke«, sagte Pete und wandte sich wieder der Besucherin zu. »Okay, Ma'am. Es gibt einen Detective Marek. Aber der arbeitet nicht hier, sondern auf dem zehnten Revier.«

Das war nun definitiv zu viel für die verwirrte und erschöpfte Witwe. Erst begann sie unkontrolliert zu zittern, dann brach sie in Tränen aus.

»Alles in Ordnung, Ma'am?«, fragt der Officer besorgt.

»Nein, Officer«, schluchzte Claudia Dashkin, »ganz und gar nicht. Ich sollte schon längst bei diesem Detective sein, um meinen verstorbenen Ehemann zu identifizieren.«

»Oh, ganz schön arg, mein herzliches Beileid«, sagte der Beamte mitfühlend und drückte sanft die Hand der Witwe.

Ms. Dashkin lächelte tapfer und versuchte mit der anderen Hand vergeblich, sich die Tränen aus dem Gesicht zu wischen.

»Keine Angst Miss«, sagte der Officer und reichte ihr ein Taschentuch. »Ich lass Sie nicht hängen.« Er griff nach dem Funkgerät und funkte: »Papa-Alpha 22 an Echo-Sierra 01, bitte kommen.«

»Hier Echo-Sierra 01, verstanden, bitte antworten!«

»Verstanden, wo steckt ihr? Eine sympatische Lady steht neben mir, sie hat sich verfahren und sucht dringend Detective Marek!«

»Okay. Kannst sie schon mal in die Tiefgarage runterführen.«

»Besten Dank, Officer. Das ist aber wirklich nett«, sagte Ms. Dashkin mit einem gewinnenden Lächeln. »Sie haben mir sehr geholfen!«

»Nicht der Rede wert«, sagte der Beamte und begleitete seine Kundin zur Tiefgarage, wo sie bereits erwartet wurden.

Zur Überraschung von Ms. Dashkin entpuppte sich der Fahrer als eine Frau. Diese sagte lachend zum Officer: »Sympathisch, hübsch und wohl auch vermögend, wie uns die schönen Klunkern verraten. Ich hoffe, sie sind gut versichert!«

»Das braucht dich nicht zu kümmern«, wies der Officer Sierra 01 zurecht. »Bring die Lady lieber auf dem schnellsten Weg ins zehnte Revier.«

»Alles klar, Pete«, und an ihren Fahrgast gewandt: »Mein Name ist Fry, Sergeant Fry.« Dann drückte sie auf das Gaspedal und fuhr los. Etwas später überreichte sie ihrem Gast ein Handy. »Am besten, Sie melden sich beim zehnten Revier, damit diese wissen, wo Sie stecken. Die Nummer ist schon eingestellt, Sie müssen nur noch die Ruftaste drücken.«

Ms. Dashkin kam dieser Aufforderung gerne nach, denn es war nicht ihre Art, andere warten zu lassen. »Hier ist Ms. Dashkin, entschuldigen Sie bitte meine Verspätung, aber …«

»Nett, Ihre Stimme zu hören, Ma'am«, unterbrach sie Marek säuerlich, »Wir warten schon eine geschlagene Stunde auf Sie!«

»Tut mir leid, Detective. Bin irrtümlicherweise auf dem elften Revier gelandet«, entschuldigte sich Ms. Dashkin erneut.

»Na so was«, brummte der Detective. »Dann schnappen Sie sich rasch ein Taxi, die Fahrkosten übernimmt der Staat.«

»Nicht nötig. Eine Beamtin vom elften Revier ist so nett und fährt mich bereits! Sie meint, wir könnten in zehn Minuten bei Ihnen sein.«

»Hat sie etwa den Code-Namen Echo-Sierra 01?«, erkundigte sich Marek.

»Gut möglich«, sagte Ms. Dashkin. »Aber warum fragen Sie? Ist das denn wichtig?«

»Ja«, sagte der Detective kurz angebunden. »Und noch etwas: Mein Büro ist im obersten Stock des Hauptgebäudes. Im Lift bitte DG drücken. Wir warten dort auf Sie.«

»Wer war am Apparat?«, fragte Redcliff den Detective. »Und falls es Ms. Dashkin gewesen sein sollte, wo steckt sie denn fest, die Ärmste?«

»Richtig geraten, Sergeant. Sie sitzt in einem Streifenwagen, der von einer Beamtin des elften Reviers gefahren wird.«

»Elftes Revier! Alles andere als eine Punktlandung«, kommentierte Redcliff trocken und schaute auf ihre Uhr.

»Sie sollten in circa zehn Minuten hier sein, meinte Ms. Dashkin. Bin da aber skeptisch. Sie wird nämlich von Sergeant Fry chauffiert!«, bemerkte Marek beiläufig.

»Was willst du damit sagen, Detective?«

»Sagen wir's mal so«, erklärte Marek, »Lucie hat einen speziellen Fahrstil.«

»Du bist fies. Das sagst du doch nur, weil Lucie Fry dich damals abserviert hat«, erwiderte Redcliff.

»Falsch«, feixte Marek. »Denn erstens habe ich Fry abserviert und zweitens Fry nicht mich!«

»Weil du nach Übersee abgehauen bist, und zwar, ohne Goodbye zu sagen. Stillos und feige, wenn du mich fragst!«

»Ich frag dich aber nicht!«, sagte Marek störrisch. Und nach einer kurzen Pause schob er nach: »Trotzdem, recht hast du ja. Da gibt's nichts, worauf ich stolz sein kann! Lucie versuchte dann noch mehrmals mich telefonisch zu erreichen. Aber ich war abgetaucht und ging einfach nicht ran.«

»Hoppla, und da kommt sie ja auch schon«, unterbrach ihn Redcliff.

»Wer?«, fragte Marek erschrocken, »Fry?«

»Glück gehabt, Marek, keine Fry«, sagte Redcliff grinsend. »Ms. Dashkin. Doch wohin mit ihr? Verhörraum oder Gerichtsmedizin?«

»Zuerst die Befragung, also Verhörraum!«, bestimmte Marek. »Danach Abschiedsbesuch in der Gerichtsmedizin.« »Ms. Dashkin?«, grüßte der Detective, als eine Dame mittleren Alters auf ihn zukam.

»Exakt. Und Sie sind wohl Detective Marek. Bitte entschuldigen Sie nochmals meine Verspätung, das ist sonst gar nicht meine Art!«

»Lieber spät als nie!«, sagte Marek. »Darf ich Ihnen meine Kollegin vorstellen, Sergeant Redcliff.«

»Erfreut. Hätte nicht gedacht, dass es in dieser Stadt so viele Polizistinnen gibt. Sie sind nun schon die Zweite, die mir vorgestellt wird.«

Nachdem sich die Ladys die Hand gegeben hatten, führte Marek sie in den Verhörraum. Noch bevor er mit der Befragung beginnen konnte, fragte Ms. Dashkin nach ihrem Mann, denn sie wollte verständlicherweise erst von ihrem Gatten Abschied nehmen. Die Fragen hatten ja sicher noch Zeit.

»Natürlich dürfen Sie Ihren Mann sehen«, versicherte ihr der Sergeant. »Aber glauben Sie mir, besser erst nach der Befragung. Für das Interview brauchen Sie einen klaren Kopf. Übrigens, darf ich Ihnen ein Glas Wasser oder einen Kaffee anbieten nach all der Aufregung?«

Ms. Dashkin lehnte dankend ab. Sie wollte die leidige Befragung möglichst rasch hinter sich bringen und sagte halb verängstigt, halb scherzend: »Also, schießen Sie los, Detective!«

»Keine Hektik, Ma'am. Beginnen wir mit den Personalien: Name, Vorname, Wohnsitz, Alter und Beruf?« Nachdem die Formalitäten erledigt waren, kam der Detective zur Sache: »Also, wann haben Sie Ihren Gatten zuletzt gesehen, Ms. Dashkin?«

»Wie schon gesagt, am Dienstagmorgen, so um sieben Uhr fünfzehn«, sagte Ms. Dashkin nach kurzem Überlegen.

»Wie ging es weiter? Was hat Ihr Mann danach gemacht?«

»Das weiß ich nicht. Ich weiß nur, dass für den Nachmittag eine Sitzung geplant war. Geschäftsübernahme, soviel ich weiß. Und danach noch ein Dinner, an dem meines Wissens auch Mr. Frank, der Geschäftspartner meines Mannes, hätte teilnehmen sollen. Und irgendwann wollte er wohl noch ins Fitnesscenter. Jedenfalls nahm er seine Sporttasche mit, als er das Haus verließ.«

»Eine Geschäftsübernahme? Sehr interessant!«, wiederholte Redcliff. Dann machte sie eine längere Pause, bevor sie fortfuhr: »Und was taten Sie danach. Ich meine, gestern und vorgestern?«

»Ich bin Pflegefachfrau. Am Dienstagvormittag half ich noch kurz im Notfall aus, bevor meine zweitägige Weiterbildung begann. Den Abend vom Dienstag auf Mittwoch verbrachte ich mit Kollegen: Apéro mit anschließendem Kinobesuch.

»Was war das Thema der Weiterbildung?«, wollte Marek wissen.

»War spannend, sehr spannend. Es ging um die ›Möglichkeiten und Grenzen der Nanotechnologie in der Onkologie‹.«

»Nanotechnologie?«, fragte Marek.

»Genau. Und da Sie mich noch nicht gefragt haben, was ich heute gemacht habe, erzähle ich Ihnen das gleich selber«, sagte Ms. Dashkin. »Heute hatte ich dienstfrei und wartete auf meinen Mann, bis Sie mich anriefen. Matt und ich wollten nämlich das Wochenende zusammen auf unserer Jacht verbringen.«

»Hatte Ihr Mann Feinde?«, erkundigte sich Redcliff.

»Nicht, dass ich wüsste«, sagte die Witwe.

»Danke, Ma'am, das war's dann auch schon. Das heißt, eine letzte Frage hätte ich noch: Welchen Film haben Sie sich angeschaut? Und in welchem Kino?«

»Im Capitol. Der Titel des Films war *Wolfman*. Die Handlung ist wenig überraschend. Ein Mann wird in den schottischen Hochmooren von einem Werwolf gebissen. Echt einfallslos, die Story!«

»Wirklich?«, sagte Marek etwas enttäuscht. »Wollte mir diesen Film auch ansehen. Kann mir das nach Ihrer Rezension aber wohl ersparen. Nach diesem cineastischen Diskurs dankte der Detective Ms. Dashkin für ihre Mithilfe und Geduld. »Aber nun möchten Sie bestimmt Ihren Gatten sehen. Wenn Sie mir bitte folgen möchten!« Doch schon nach wenigen Metern blieb Marek stehen und fragte besorgt: »Und Sie sind sich sicher, Ms. Dashkin, dass Sie Ihren Gatten ohne Hilfe eines Freundes identifizieren wollen?«

»Das muss wohl sein, Detective.« Und mit einem traurigen Lächeln fügte sie hinzu: »Ich kann doch meinen Mann nicht gehen lassen, ohne ihm Lebewohl gesagt zu haben!« Dann bestiegen sie den Lift, fuhren gemeinsam ins erste Untergeschoss und betraten die Gerichtsmedizin.

»Hallo, Doc, da sind wir«, sagte Marek. »Ms. Dashkin möchte sich von ihrem Mann verabschieden. Du bist schon so weit?«

»Ja, sicher. Mein Beileid, Ms. Dashkin«

»Hat mein Mann sehr gelitten?«, wollte Ms. Dashkin wissen, als sie den geschundenen Körper ihres Mannes sah.

»Ich fürchte ja«, sagte der Doc, »... doch leider müssen Sie mich jetzt entschuldigen, ich habe noch zu tun.«

»Ist der Doctor immer so kurz angebunden?«, fragte Ms. Dashkin überrascht und verärgert zugleich.

»Zurzeit ist er auf Frauen nicht besonders gut zu sprechen. Seine Gattin hat ihn kürzlich verlassen«, sagte Redcliff entschuldigend.

Fünfzehn Minuten später und nachdem sich die Witwe tränenreich von ihrem Gatten verabschiedet hatte, fuhren sie wieder nach oben, und Marek fragte Ms. Dashkin beiläufig: »Wissen Sie etwas Näheres über die Geschäftsübernahme, mit der sich Ihr Gatte beschäftigte? Um welche Firma handelt es sich dabei?«

»Da kann ich Ihnen nicht wirklich weiterhelfen. Mein Gatte war nie sehr gesprächig, was sein Berufsleben betrifft. Aber sein Geschäftspartner, Mr. Frank, müsste sicher mehr darüber wissen.«

»Nochmals vielen Dank für Ihre Mithilfe, Ma'am. Nicht selbstverständlich, unter diesen Umständen!«, bedankte sich Marek. »Und Sie finden wirklich allein nach Hause, nach all den Geschehnissen?«

»Ehrlich gesagt, ich würde mich sicherer fühlen, wenn Ihr Sergeant mich nach Hause fahren könnte. Ich habe das Gefühl, dass mir jederzeit der Boden unter meinen Füßen wegbrechen könnte, nach all dem, was heute alles passiert ist.«

Froh, endlich dem Leichengeruch entfliehen zu können, erfüllte Sergeant Redcliff Ms. Dashkin diesen Wunsch gerne. Sie fuhr die leidgeplagte Witwe sicher nach Hause und begleitete sie fürsorglich bis zur Wohnungstür.

6

Sergeant Redcliff ermittelt
Am nächsten Morgen saßen die Fahnder schon zeitig im Büro und gingen in Gedanken den gestrigen Tag durch.
»Viele Eindrücke, viele Spuren. Aber alles verworren und vage. Was sind nun die Fakten, was wissen wir sicher?«, fragte sich Redcliff laut.
»Nun ja, wir kennen den Namen des Opfers, die Tatzeit und die Todesursache. Wir wissen, dass das Opfer zweimal erdrosselt wurde und darüber hinaus auch noch erhängt. Ferner ist uns der Tatort bekannt, das *Achilleus*«, fasste Marek die dünne Faktenlage zusammen.
»Das ist, nüchtern betrachtet, nicht eben viel«, kommentierte Redcliff. »Und auch bezüglich Tatmotiv haben wir kaum Anhaltspunkte. Wir haben Kenntnis von einer Firmenübernahme, kennen aber weder deren Namen noch deren Geschäftspraktiken. Indizien, die auf ein Beziehungsdelikt hinweisen, fehlen ebenfalls. Der Tote scheint eine kinderlose, aber dennoch harmonische Ehe geführt zu haben. Und dann war da noch die Rede von einem Geschäftsessen,

von dem uns aber weder Zweck noch Teilnehmer bekannt sind.«

»Haargenau, Sergeant«, sagte Marek, »vortrefflich analysiert. Umso interessanter dürften die Aussagen des Geschäftspartners des Ermordeten, wie heißt er schon wieder?, für uns sein. Übrigens, hast du diese Person inzwischen erreicht?«

»Mr. Frank meinst du? Leider nein, aber ich bleibe am Ball, der kann sich ja nicht einfach in Luft aufgelöst haben. Abgesehen davon, wie gehen wir nun weiter vor, Detective? Was steht heute noch auf dem Programm?«

»Was mich betrifft, Redcliff, für mich ist Feierabend. Da gibt es nämlich etwas, was mich extrem beschäftigt. Ich brauche frische Luft. Ich mache den Laden dicht und gehe joggen.«

»Ist es Fry, die dich so sehr beunruhigt?«, fragte Redcliff behutsam.

»Kann schon sein«, sagte Marek ausweichend. »Also dann, Sergeant, bis morgen.«

»Und das Verhör von heute Nachmittag, das führe ich alleine?«, wollte Redcliff wissen.

»Warum denn nicht, das schaffst du mit links«, sagte der Detective. »Und mach doch mal eine ordentliche Tatortskizze, das schafft Platz für neue Ideen!«

»Ist mir eine Ehre, Boss. Aber ich verstehe nicht, warum du mich bei so einem delikaten Verhör alleine lässt!«, ließ Redcliff nicht locker.

»Warst nicht du derjenige, der mich gelehrt hat, dass Privates unter keinen Umständen eine Ermittlung beeinflussen darf? Und du, was machst du? Lässt deinen Sergeanten in einer äußerst wichtigen Angelegenheit allein ermitteln, nur weil dich Liebeskummer und Schuldgefühle plagen, oder weil dir heute schlicht und einfach nach Joggen zumute ist. Das geht doch gar nicht, Verehrtester!«

»Liebeskummer, Schuldgefühle. Ich lach mich tot! Und die Skizze nicht vergessen!«, sagte Marek, als er gereizt das Büro verließ.

Redcliff griff zum Handy und wählte zum x-ten Mal Mr. Franks Nummer: »Hier spricht der Telefonbeantworter. Ich bin zurzeit nicht erreichbar, hinterlassen Sie nach dem Piepston Ihre Nachricht und Telefonnummer. Rufe so schnell als möglich zurück.«

»Hier Sergeant Redcliff, Morddezernat, zehntes Revier«, sprach Redcliff aufs Band. »Warte auf Ihren Rückruf. Dringende Sache, es eilt! Und wenn wir nicht bald etwas von Ihnen hören, schreibe ich Sie zur Fahndung aus!« Während Redcliff auf den Rückruf von Mr. Frank wartete, wählte sie im PC das neuste Grafikprogramm an und erstellte mit viel Aufwand und nicht ohne Mühe die verlangte Tatortskizze. Diese ist für eher visuell orientierte Leser unten stehend abgebildet und einsehbar.

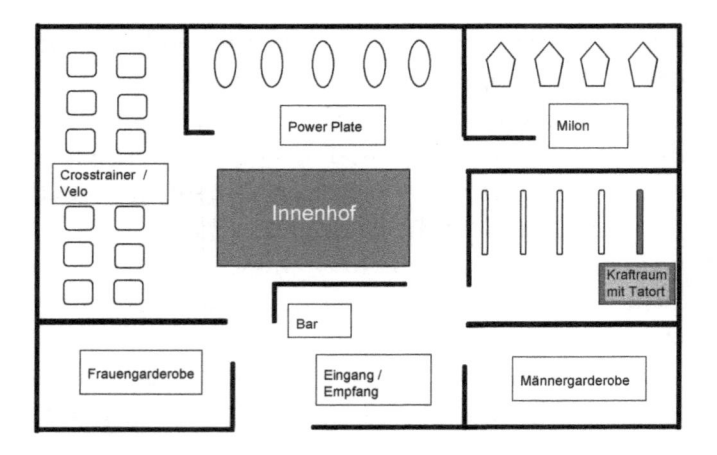

[Grundriss eines Fitnessstudios mit folgenden Bereichen: Crosstrainer/Velo, Power Plate, Milon, Innenhof, Kraftraum mit Tatort, Bar, Frauengarderobe, Eingang/Empfang, Männergarderobe]

Als das Telefon klingelte, schreckte Redcliff von ihrer Arbeit hoch.

»Guten Tag. Frank am Apparat. Wo brennt's?«

»Schön, dass Sie so schnell zurückrufen«, bedankte sich Redcliff. »Es geht um Ihren Geschäftspartner, Mr. Dashkin.«

»Matt?«, fragte Mr. Frank überrascht.

»Genau«, sagte Redcliff. »Wir hätten noch einige Fragen an Sie, die Sie uns hoffentlich beantworten können. Ich erwarte Sie in einer halben Stunde auf dem zehnten Revier. Schaffen Sie das?«

»Ist sportlich, sollte aber machbar sein«, sagte Mr. Frank.

Kaum hatte Redcliff das Gespräch beendet, griff sie erneut zum Telefon: »Hallo, Doc, Redcliff am Apparat. Du bleibst dabei, dass Mr.

Dashkin ermordet wurde? Ein Unfall kann hundertprozentig ausgeschlossen werden?«

»Ja, die Verletzungen am Hals sind eindeutig. Sie müssen dem Verstorbenen aktiv zugefügt worden sein. Zudem war das Opfer in sehr guter körperlicher Verfassung, was ebenfalls klar gegen einen Schwächeanfall oder einen Unfall spricht.«

»Danke, Doc, das war's auch schon!«

Redcliff hatte noch nicht lange aufgehängt, da klopfte ein drahtiger, etwas sehr jugendlich gekleideter Mann mittleren Alters an die angelehnte Tür.

»Sorry, Miss, ich suche einen Sergeant Redcliff«, sagte dieser und schaute Redcliff fragend an.

»Dann sind Sie hier genau richtig. Und Sie sind wohl Mr. Frank?«

Und auf ihre Uhr blickend meinte Redcliff: »Sie sind ungewöhnlich pünktlich, Mister. Das gefällt mir! Kommen Sie doch rein und setzen Sie sich, im Stehen spricht es sich schlecht.«

»Klasse, echter Verhörraum?«, fragte Mr. Frank neugierig. »Wo man eins zu eins guter Bulle, böser Bulle spielen kann, genau wie im TV?«

»So ungefähr, nur weniger farbig«, entgegnete Redcliff. »Aber ich muss Sie darauf aufmerksam machen, dass unser Gespräch aufgezeichnet wird.« Nach einer kurzen Pause begann der Sergeant mit der Befragung: »Also, wann haben Sie Ihren Geschäftspartner zum letzten Mal gesehen, Mr. Frank?«

»Gesehen? Vor einer knappen Woche. Aber am Dienstag, etwa um dreizehn Uhr, habe ich mit Matt telefoniert. Es ging um eine Terminverschiebung.«

»Wissen Sie, wo sich Mr. Dashkin zu diesem Zeitpunkt aufhielt?«

»Vermutlich im Fitnesscenter«, sagte Frank. »Matt ging vor wichtigen Terminen immer ins Fitnessstudio, um seinen Kopf freizukriegen, wie er jeweils zu sagen pflegte.«

»Wie würden Sie Ihre Beziehung zu Dashkin beschreiben?«

»In erster Linie als geschäftlich, aber nichtsdestotrotz auch als freundschaftlich, fast schon familiär«, antwortete Mr. Frank.

»So, so, ›beinahe familiär …‹! Wissen Sie, ob Mr. Dashkin Feinde hatte?«

»Nein.«

»Bitte antworten Sie in ganzen Sätzen, Mister«, wies ihn Redcliff zurecht.

»Nein, hatte er nicht«, wiederholte der Gescholtene sichtlich verärgert.

»Am Dienstagnachmittag tätigte er eine Geschäftsübernahme, ist das korrekt?«

»Nein, tat er nicht. Wie schon gesagt, diese wurde verschoben, und zwar um eine ganze Woche.«

»Verstehe«, sagte Redcliff. »Ich habe heute Morgen mehrmals vergeblich versucht, Sie zu erreichen. Sie sind ein sehr beschäftigter Mann. Womit denn?«

»Seit der Terminverschiebung ist der Teufel los. Dauernd Rückfragen. Mr. Dashkin hatte für heute kurzfristig eine Besprechung angesagt, um das weitere Prozedere und taktische Fragen im Zusammenhang mit der Firmenübernahme zu besprechen. Aber erschienen ist er nicht. Ich musste total unvorbereitet und ohne die notwendigen Unterlagen einspringen. Und das ausgerechnet in einer heißen und äußerst labilen Verhandlungsphase. So was von ärgerlich! Äußerst unprofessionell, beinahe stümperhaft. Dürfte einem Profi wie Matt nicht passieren. Nun ja, muss wohl triftige Gründe dafür geben. Ich frage mich nur welche!«

»Sie erwähnen immer wieder diese Firmenübernahme. Um welche Firma handelt es sich dabei?«

»*Seasports and More*«, antwortete Mr. Frank nach längerem Zögern.

»*Seasports and More*«, wiederholte der Sergeant überrascht. »Tolle Firma, ihre Surfboards sind einfach spitze. Von *Seasports and More* habe ich meine ganze Ausrüstung.«

»Echt, Sergeant, Sie surfen auch? Das ist ja toll!« Und dieses Mal war es Mr. Frank, der überrascht war. Eine Polizistin auf dem Surfbrett? Na ja, warum denn nicht! Im Gegensatz zu Sergeant Redcliff schwor er selbst aber auf *Surviver and Co.*, deren Produkte deutlich teurer waren, dafür technisch eine Spur ausgereifter.

Nach diesem Ausflug in die Welt des Sports kehrte Redcliff wieder in die Niederungen des Alltags und Verbrechens zurück. »Können Sie mir erklären, Mr. Frank, weshalb Dashkin & Partner an einer Übernahme von *Seasports and More* interessiert sind?«

»Viel kann ich Ihnen dazu nicht sagen. Natürlich geht es hier um Geld – um viel Geld nota bene! Die Details, die kenne ich nicht. Über diese sollte Matt uns heute informieren. Aber dazu ist es ja, wie Sie nun wissen, nicht gekommen!

»Besten Dank, Mr. Frank, das war's dann auch schon. Sie haben uns mit Ihren Auskünften sehr geholfen.«

»Nanu, keine weiteren Fragen, Detective?«, fragte Mr. Frank verblüfft.

»Sergeant!«, berichtigte Redcliff. »Nein, keine weiteren Fragen, Mr. Frank. Das heißt, eine hätte ich noch! Wo waren Sie am Dienstag und wo am Mittwoch? Und gibt es Zeugen, die Ihre Angaben allenfalls bestätigen können?«

»Dienstags war ich im Büro, was meine Mitarbeiter sicher bezeugen werden. Und am Mittwoch war ich außer Haus, Kundengespräche. Das lässt sich ebenfalls leicht überprüfen, denke ich. Und für heute brauch ich wohl kein weiteres Alibi, Ihr Zeugnis sollte genügen, nicht wahr?«, scherzte Mr. Frank. »Aber was ist hier eigentlich los, Sergeant! Was sollen all diese Fragen? Was ist denn passiert? Und wo zum Teufel steckt eigentlich Matt?«

»Wurde Zeit, dass Sie diese Frage stellen, Mr. Frank. Partner sind doch füreinander da, nicht wahr!«, sagte Redcliff. »Aber Ihrem Partner ist nicht mehr zu helfen. Er ist tot, wurde ermordet.«

»Matt ist tot? ... ermordet?«, fragte Mr. Frank ungläubig. Und nach einer Pause: »Nun verdächtigen Sie natürlich den naiven Mr. Frank, Freund und Geschäftspartner des Ermordeten?«

»Grundsätzlich verdächtigen wir zurzeit alle und jeden«, sagte Redcliff. »Aber im Moment sind Sie für uns in erster Linie ein wichtiger Zeuge. Sie können sich also frei bewegen, solange Sie die Stadt nicht verlassen. Es ist gut möglich, dass wir Sie zu einem späteren Zeitpunkt nochmals befragen müssen.«

»Ich habe verstanden, Sergeant. Wünsche Ihnen noch einen schönen Abend«, sagte Mr. Frank und verließ eiligst das Büro.

7

Vergissmeinnicht und Lavendel
Während Redcliff Mr. Frank befragte, ging Marek nach Hause und holte seine Sporttasche. Dann fuhr er zum *Sparta*, seinem Lieblings-Fitnesscenter. Er wusste selbst nicht warum, aber in letzter Zeit musste er oft an Fry denken. Er hätte sie gerne angesprochen, gleichzeitig aber fürchtete er sich davor, ihr zu begegnen. Schon der Gedanke daran hinterließ in ihm ein mulmiges Gefühl. Zudem plagte Marek immer öfter sein schlechtes Gewissen. Er fühlte sich irgendwie mitschuldig, dass Fry noch nicht zum Detective befördert worden war, obwohl sie zweifelsohne das Zeug dazu hätte. Keine Frage! Da er sich nicht getraute, Fry direkt anzusprechen, nahm er sich vor, nächstens mit ihr zu chatten und sich nach dem Stand der Dinge zu erkundigen. Aber das alles hatte ja, Gott sei Dank, noch Zeit.

Als er das Fitnesscenter betrat, genoss Marek die wohltuende Kühle, die die alte Klimaanlage knatternd erzeugte. Auf dem Weg zur Rezeption stieg ihm ein angenehmer Geruch in die

Nase, der ihm sehr bekannt vorkam: der Duft nach Lavendel. Und dieser wiederum erinnerte ihn unwillkürlich an Fry und ließ sein Herz höherschlagen. Wie in seiner Ausbildung bei den Marines gelernt, schaute Marek sich unauffällig um. Und wirklich, am Tresen stand Fry, die ihn aber glücklicherweise nicht zu sehen schien.

Der Rezeptionist begrüßte Marek wortreich und laut, als er ihm den Garderobenschlüssel aushändigte: »Hey, André, altes Haus, auch wieder mal im Tempel des Sports?«

»Sicher schon«, sagte Marek leise, fast flüsternd. »Aber geht's vielleicht auch etwas weniger laut, es braucht ja nicht die ganze Welt zu wissen, dass der Marek heute wieder mal im ist und wie es so um seine Fitness steht.«

Der Angestellte schaute seinen Kunden, der sonst eigentlich sehr umgänglich war und selbst oft und gerne Sprüche klopfte, erstaunt an: »Eine Kröte geschluckt, Detective?«

Marek entschloss sich, den Angestellten zu ignorieren, und verschwand so rasch wie möglich in der Garderobe. Nachdem er sich umgezogen hatte, ging er zu den Laufbändern, stellte sein Lieblingsprogramm auf Level zwanzig (»sehr hoch«), stopfte sich die Kopfhörer in die Ohren und sprintete los. Genauso hatte er es bei den Marines auch immer gemacht, wenn ihn etwas beschäftigte und er für sich allein sein wollte. In

Gedanken hing er diesen Zeiten nach, die ihm so viel bedeuteten. Doch schon bald stieg ihm wieder der feine Lavendelduft in die Nase, dieses Mal aber viel intensiver als zuvor. Marek drehte den Kopf in Richtung Lavendel und schaute direkt in zwei grüne Augen, die ihn schon immer verwirrt hatten. Marek brachte nur ein leises und trockenes »Hallo« zustande und senkte verlegen den Blick.

Fry sah ihn forschend an und fragte: »Von den Marines zurück?«

»Ja, seit einem knappen Jahr. Und du, wie läuft's bei dir?«

»Schlecht«, sagte Fry. »Seit einem Jahr zurück, ohne dich zu melden! Ich dachte, wir wären Freunde?«

»Auf der Rückfahrt mit dem USS-Kreuzer Neptun ging mein Handy über Bord und mit ihm auch deine Telefonnummer. Und du weißt ja, was Haie einmal verschluckt haben, geben sie freiwillig nie mehr her.«

»Telefonnummer über Bord? Du meinst wohl eher: ›Aus den Augen aus dem Sinn?‹«, entgegnete Fry verärgert. Und trotz – oder gerade wegen der inhaltlich wenig überzeugenden Ausrede ihres Ex-Lovers – konnte sie sich ein Lachen doch nicht ganz verkneifen.

Dieses Lachen! Es hatte noch die gleiche Wirkung auf Marek wie damals, als er Fry kennenlernte. Es zog Marek magisch an wie das Licht die Motten und machte ihn rasend. Als das Lächeln in Frys Gesicht erlosch, räusperte er sich : »Hi, Fry, tut mir echt leid. Ich weiß, war nicht die feine Art. Trotzdem hab ich eine Frage: Warum bist du noch immer Sergeant, warum nicht Detective? An Prüfungsangst hast du jedenfalls noch nie gelitten, soviel ich weiß!«

»Ich fühle mich noch nicht bereit für diese Aufgabe«, sagte Fry. »Aber was genau tut dir denn leid?«

»Dass ich damals einfach so Schluss gemacht habe«, sagte Marek. »Obwohl ich mir sicher war, dass du auf mich gewartet hättest.« Und nach einer langen Pause: »Weißt du, ich wollte nicht, dass dir irgendein anonymer Offizier irgendwann irgendwo und irgendwie die Nachricht von meinem Ableben überbringt und dich bereits als junge Frau zur Witwe macht.«

»Dann war ich dir nicht einfach egal und überflüssig, als du mich verlassen hast?«

»Es lag nie an dir«, sagte Marek. »Und wäre ich nicht zu den Marines gegangen, womöglich wären wir heute ein richtiges Paar!« Nach dieser Ansage wusste er (was äußerst selten vorkam) nicht mehr weiter und verstummte. Dann verabschiedete er sich ziemlich unbeholfen: »Bis dann also! Wir treffen uns früher oder später vielleicht andernorts wieder.« Verwirrt und verunsichert, aber froh, diese Situation beendet zu haben, nahm Marek sein Lauftraining wieder auf.

»Könnte schon bald sein, mein lieber André. Und möglicherweise viel früher, als dir lieb ist!«, murmelte Fry und verließ den Raum.

Kurz darauf beendete Marek das Training und ging unter die Dusche.

Er wollte gerade den Schlüssel an der Rezeption abgeben, als Fry plötzlich neben ihm stand und leise, aber bestimmt sagte: »Eher früher als später, du Riesenarschloch!«

Marek überhörte das Schimpfwort, nahm den Steilpass aber an. Und diesmal, ohne zu zögern, und einigermaßen gekonnt: »Spaghetti oder Pizza? Sonnenuntergang oder Disko? Im Ernst, Lucie, könnte eine Kleinigkeit vertragen.«

»Beides«, sagte Fry. »Wie wäre es mit Seafood im ›Poseidon‹?«

»Gute Idee«, »Schon lange her, seit …«

»Du erinnerst dich?«, freute sich Fry.

»Klaro, unser erstes Date. Let's go.«

Die beiden schlenderten Richtung Hafen, wobei sie sich – immer dann, wenn der eine meinte, der andere passe gerade nicht auf – heimlich beobachteten. Und sie fühlten sich wie Jungverliebte und stellten sich auch genauso an: wie Anfänger eben bei ihrem ersten Date.

Als sie im »Poseidon« ankamen, fragte Marek nach einem Tisch für zwei Personen. Da noch mehrere Tische frei waren, fragte der Kellner: »Welchen hätten Sie gerne?«

Marek antwortet: »Der kleine runde dort in der Ecke, der wäre schön.«

Der Kellner runzelte die Stirn und meinte: »Tisch ohne Fenster und ohne Aussicht auf Meer und Hafen, nicht sehr romantisch!«

»Der kleine runde in der Ecke«, wiederholte Marek. »An diesem hängen viele Erinnerungen.«

»Wenn mir die Herrschaften bitte folgen würden«, sagte der Kellner und führte die Gäste an den gewünschten Tisch.

Fry bestellte einen Kir Royal, Marek einen O-Saft und die Speisekarte.

»O-Saft?«, fragte Fry überrascht.

»Klaro«, sagte Marek. »Trinke kaum mehr Alkoholisches.«

Fry schaute Marek lange an: »Du hast dich verändert, Marek!«

Dieser antwortete: »Klar doch, jeder Mensch verändert sich. Auch du, Lucie Fry.«

Dann studierten sie die Speisekarte. Marek bestellte Ravioli mit Muschelfüllung auf Safranrahm als Vorspeise, danach die Seafood-Platte.

Lucie entschied sich für einen Salat mit Jakobsmuscheln und für die frittierten Calamari mit Knoblauchmayo als Hauptgang. Der Abend verlief sehr harmonisch. Fry und Marek unterhielten sich über dies und jenes, eben über alles, was ihnen gerade so einfiel. Und so kamen sie auch auf Mareks neuesten Fall zu sprechen.

»Was ist mit der Lady von gestern?«, fragte Fry, »die ich zu euch chauffierte?«

Marek antwortete: »Was soll schon sein? Nun ja, tragisch ist die Sache schon. Ihr Ehemann wurde im *Achilleus* ermordet. Wir tappen völlig im Dunkeln: kein Motiv, geschweige denn ein Täter!«

»Das gibt's ja nicht! Nicht die kleinste Spur? Habt ihr auch wirklich alles umgedreht, was man umdrehen kann?«

»Ja sicher, was denn sonst. Aber es ist, wie es ist: Alles, was wir haben, sind Opfer, Tatort und Todesursache. Und damit hat sich's!«, sagte Marek.

»Ist da eine Frau im Spiel? Hatte das Opfer eine Affäre, womöglich mit einer Angestellten?«, hakte Fry nach. »Und ist es sicher, dass das Fitnessstudio auch wirklich der Tatort ist? Oder hat da jemand absichtlich eine falsche Spur gelegt?«

»Mit den Mitarbeitern des Fitnesscenters müssen wir uns erst noch unterhalten. Aber was meinst du mit einer falschen Spur?«, fragte Marek überrascht.

»Vielleich wollte jemand die geplante Geschäftsübernahme vereiteln«, sagte Fry. »Jemand, der wusste, dass das Opfer immer zur gleichen Zeit und am selben Ort trainieren geht.«

»Da müsste Matt Dashkin aber schon länger beschattet worden sein«, sagte Marek, »und das wäre ihm sicher aufgefallen.«

»Nicht wenn man Erfahrungen im Beschatten hat«, gab Fry zurück. »Etwa ein Auftragskiller oder ein Spion.«

»Ich liebe Verschwörungstheorien«, sagte Marek amüsiert. »Aber in diesem Fall scheint mir dies doch ein bisschen weit hergeholt.«

»Da wär ich mir nicht so sicher. Ich zum Beispiel kenne genug solche Kerle. Es gibt sie wie Sand am Meer. Und du wirst es kaum glauben«, sagte Lucie anzüglich, »selbst mein Ex war in dieser Branche tätig. Als Scharfschütze bei den Marines! Aber im Ernst, Marek. Warum schließt du ein Komplott gegen das Opfer von vorneherein aus?«

»Verschwörung und Komplott, das ist mir zu abgedroschen«, sagte Marek, »Ist was fürs Kino.«

Nach dem Hauptgang hatten Lucie und André noch Lust auf ein Dessert: »Gibt es den Schokoladenkuchen noch mit dem weichen Chili-Schokoladen-Kern und Meersalz?«, fragte Marek den Kellner.

»Sicher«, sagte dieser und fügte anerkennend hinzu: »Ein Dessert für Kenner!«

»Ein großes Stück für mich«, bestellte Marek.

»Dem schließe ich mich gerne an«, sagte Fry.

»Also zweimal heiße Verführung für das junge Paar«, sagte der Kellner pflichtbewusst. »Wenn ich eine Empfehlung abgeben dürfte?«

»Nur zu«, sagte Marek.

»Passend dazu ist ein eisgekühlter Limoncello oder ein zwanzigjähriger Cognac aus dem Eichenfass.«

»Dann also einen eisgekühlten Limoncello für die Dame«, sagte Marek.

»Gerne«, sagte Fry. »Und für den Herrn einen Cognac.«

»Falsch«, sagte Marek. »Für mich einen Pfefferminztee.«

»Also ein eisgekühlter Limoncello und ein Pfefferminztee zum Schokoladenkuchen«, wiederholte der Kellner, den nichts erschüttern konnte, und schlurfte davon.

»Pfefferminztee! Nulltoleranz, hundert Prozent abstinent! Das passt so gar nicht zum Marek, den ich kenne. Trinkst du wirklich keinen Alkohol mehr?«, fragte Lucie zweifelnd. »Und dann auch noch Schokoladenkuchen. Wie passt denn das alles zu dir?«

»Auf den Geschmack von Schokoladenkuchen mit Chili hast du mich gebracht«, sagte André. »Und dass ich keinen Alkohol mehr trinke, stimmt nicht ganz. Ab und zu ein Feierabendbier, das gönne ich mir gerne zwischendurch. Aber seit ein guter Kamerad von mir nach einer durchzechten Nacht in Afghanistan bei einem Routineeinsatz ums Leben kam, trink ich definitiv nichts Hartes mehr!«

»Tut mir leid«, sagte Lucie. »Was ist passiert?«

»Ein feindlicher Scharfschütze«, sagte Marek knapp. »Verkatert, schlecht aufgepasst und dann Kopfschuss, hat nichts gespürt.«

»Ich wollte keine alten Wunden aufreißen«, sagte Lucie leise.

»Kein Problem«, sagte André mit aufgesetztem Lächeln.

Das Dessert war wirklich ein Traum. Danach verlangte Marek die Rechnung. Auch wenn es nicht mehr viel zu erzählen gab, blieben Fry und Marek noch lange sitzen. Denn keiner der beiden wollte den Zauber der Stunde als Erster brechen.

8

Auf Umwegen zurück zum Tatort
Doch irgendwann ist jeder Zauber gebrochen. Lucie sagte gähnend: »Danke für den schönen Abend, André.«

»Gleichfalls«, sagte Marek, der ein Gähnen ebenfalls nur mit Mühe unterdrücken konnte. Er stand auf und wollte gehen.

Doch Fry ließ es nicht dazu kommen und hielt ihn am Arm zurück. Sie sah Marek mit ihren grünen Augen verlangend an.

Obwohl er sich dagegen wehrte, waren plötzlich die alten Gefühle für Lucie wieder wach. Hellwach. Sie zog ihn an wie das Licht die Motten. ›Pass auf, dass du dich nicht verbrennst‹, dachte er. Aber es war schon zu spät. Er streichelte ihre Wange, und sie ließ es zu. Er beugte sich über sie und küsste ihren Mund. Marek fragte sich, ob er zu weit gegangen war, und sagte mit belegter Stimme: »Ich glaube, ich sollte besser gehen.«

»Meinst du? Da hätte ich eine bessere Idee. Bei mir zu Hause wartet eine Flasche Prosecco. Nichts Hochprozentiges. Was meinst du?«

Marek wollte erst ablehnen, aber dazu fehlte ihm die Kraft und wohl auch der Wille.

Kaum in der Wohnung, umarmte Fry den Detective und küsste ihn lange und leidenschaftlich. Langsam zogen sie sich aus und hielten sich fest, als wollten sie nie mehr voneinander lassen. Danach lehnte Fry erschöpft den Kopf an Mareks Schulter und war eingeschlafen, noch ehe André ihr das Haar aus der feuchten Stirn streichen konnte. Lange beobachtete er Lucies entspanntes Gesicht und lauschte ihrem Atem. Dann endlich schlief auch er.

Am nächsten Morgen musste Redcliff im Präsidium lange auf Marek warten. Dieser traf mit einem zufriedenen Grinsen und mit dreißigminütiger Verspätung im Präsidium ein.

»Na, Marek, auch schon hier«, begrüßte ihn Redcliff leicht verärgert.

»Hey, Lucie … äh Redcliff«, korrigierte sich Marek, »gibt's in der Sache Dashkin etwas Neues?«

»Lucie«, echote Redcliff, »hab ich da was verpasst, mein Lieber?«

»Ja …, besser gesagt nein, … oder vielleicht doch? Wer weiß das schon, es ging alles viel zu schnell! Aber was soll's, wir haben zu tun. Lass uns die Mitarbeiter des Fitnessstudios befragen.«

»Bestellen wir sie ins Präsidium, oder steht ein Stadtbummel an?«, fragte Redcliff.

»Nichts von beidem, wir machen eine Stadtrundfahrt.«

»In deinem Stadium von Verliebtheit hast du Fahrverbot!«, sagte Redcliff. »Den Schlüssel bitte!«

»Wer fährt, bestimme immer noch ich«, sagte Marek. »Aber wenn du unbedingt fahren willst, nur zu, Sergeant. Chauffeurdienste sind das Privileg der Arbeiterklasse!«, gab sich Marek kompromissbereit.

Doch verstaubte kommunistische Theorien und Schlagworte aus dem letzten Jahrhundert interessierten Redcliff nicht. Und da sie sich sehr für Utopia und Science-Fiction interessierte, antwortete sie: »Hier spricht Captain Kirk, der Kommandant der Enterprise. Der Start der Raumfähre erfolgt in wenigen Nanosekunden!«

»Das intergalaktische Flottenkommando der Föderation dankt. Fähnrich, legen Sie los!«, ließ sich Marek nicht lumpen.

»Fähnrich«, sagte Redcliff enttäuscht, »ich dachte eher an Leutnant oder so!«

»Okay, Leutnant«, aber aufgepasst und schön langsam mit den Pferden!«

»Wie meinst du das nun wieder?«,

»Soll heißen: Wer schnell reitet, fällt auch schneller, ... vom hohen Ross«, ergänzte Mark.

»Ha, ha«, sagte Redcliff, »einmal Macho, immer Macho!« Dann setzten sie sich in das Stealth-Car, und Redcliff gab Gas.

Vierzig Minuten später kamen sie nass geschwitzt beim *Achilleus* an, denn die Klimaanlage war auch heute wieder ausgefallen. »Typisch Wartungsteam«, ereiferte sich Marek. »Keine Reparatur, scheiß Temperatur!«

»Du bist ein richtiger Poet«, sagte Redcliff bewundernd. »Wenn du genervt bist.«

»Klaro. Auch ein Scout Sniper versteht was von Poesie.«

»Genug geblödelt, wie gehen wir nun weiter vor?«

»Zuerst die Bosse«, sagte Marek, »danach die Mitarbeiter.«

»Befragen wir gemeinsam oder getrennt?«, wollte Redcliff wissen.

»Apropos getrennt. Wie verlief eigentlich das Verhör mit Dashkins Geschäftspartner – wie heißt er schon wieder?«, fragte Marek, der sich Zahlen und Namen einfach nicht merken konnte.

»Du meinst Mr. Frank? War sehr ergiebig. Die Firmenübernahme wurde verschoben, behauptete er. Und Dashkin sei unentschuldigt zu einer wichtigen Besprechung nicht erschienen, die er zuvor selbst einberufen hatte!«

»Erschien nicht zur Sitzung. Interessant, interessant!«, murmelte Marek. Dann, nach einer

Pause und ziemlich verspätet: »Zusammen. Machen wir zusammen. Wie immer, Redcliff. Wie du weißt, vier Ohren hören bekanntlich mehr als zwei.«

»Wie immer? Außer vielleicht gestern?«, motzte Redcliff.

Als sie den Lift besteigen wollten, verwehrte ein Schild mit der Aufschrift: *Wegen Hitzestau außer Betrieb – bitte Treppe benutzen*, den Zutritt.

Die Fahnder schauten sich verdutzt an und lasen weiter: *Besten Dank für Ihr Verständnis. Einen schönen Sommer wünscht Ihnen Schnelllift und Co.*

»Das soll wohl ein Scherz sein?«, sagte Redcliff.

»Saubande«, schimpfte Marek und schaute das Treppenhaus hoch. »Das müssen mindestens dreißig Etagen sein!«

»Jupee jea, Schweinebacke!«, sagte Redcliff motiviert. »Und wer zuerst oben ist, hat gewonnen!«

»Muss das sein, Sergeant?«, knurrte Marek gereizt. Eine knappe halbe Stunde später erreichte er zwar erschöpft und nass geschwitzt, aber als Erster das Dachgeschoss. »Geschafft«, krächzte er und schaute triumphierend in die Tiefe. Doch was er sah, konnte er kaum glauben und ließ ihm die Augen aus den Höhlen treten. Die Leute ließen sich von den Aufzügen rauf und runter fahren – als ob es keine technischen Probleme gäbe. »Und sie bewegen sich doch!«, stammelte er. Und dann lachte er und lachte, bis ihm definitiv die Puste ausging.

Vom langen Aufstieg gezeichnet, erreichte Redcliff nun ebenfalls die Dachterrasse und keuchte: »Unter die Lachsäcke gegangen, Chief? Was ist denn so lustig hier oben?«

»Am besten schaust du dir den Schlamassel gleich selber an!«, antwortete Marek, noch immer nach Luft japsend.

Als Redcliff nach unten guckte und begriff, dass sie auf das Übelste reingelegt worden waren, inszenierte sie einen ungemein deftigen Wutausbruch, der ohne Weiteres von Captain W. Pepperville hätte stammen können. Als Redcliff sich wieder erholt hatte, betraten sie das *Achilleus*.

An der Rezeption verlangte Marek nach dem Manager. Dieser erschien nach wenigen Augenblicken, leicht schwitzend und außer Atem. Er begrüßte die Fahnder ausgesprochen höflich oder, wie Marek fand, unterwürfig bis leicht schleimig.

»Guten Tag, die Herrschaften. Darf ich mich kurz vorstellen, mein Name ist Ewook, Director dieses Unternehmens und administrativer Leiter in Personalunion. Womit kann ich dienen?«

Marek, der für administrative Leiter und für Directoren nur wenig übrig hatte, antwortete übellaunig: »Erstens, Herr Director, bin ich Detective und keine Herrschaft, und zweitens trifft dies auf meinen weiblichen Kollegen, Sergeant Redcliff noch viel weniger zu.«

»I'm so sorry«, entschuldigte sich der Manager händeringend und sichtlich bemüht, die Contenance zu wahren. »Es war nicht meine Absicht, unhöflich zu sein.«

»Kein Problem«, sagte Redcliff. »Aber dennoch müssen wir Sie und das Personal zum Mordfall Dashkin ausführlich befragen. Haben Sie ein Zimmer, wo wir die Interviews ungestört durchführen können?«

»Selbstverständlich, gerne, am besten benutzen Sie mein Büro.«

»Besten Dank«, sagte Marek nun etwas freundlicher. »Sind heute alle Mitarbeiter vor Ort, die letzten Dienstag und Mittwoch Dienst hatten?«

»Alle, bis auf zwei Personaltrainer, die unsere VIP-Kunden – auf Wunsch – auch außer Haus betreuen.«

»Dann bräuchte ich deren Personalien, Mr. Ewook.«

»Selbstverständlich, Sir«, sagte der Director und bat die Fahnder in sein Büro. »Bitte entschuldigen Sie die schöpferische Unordnung«, sagte er beflissen. »Ich bin gerade auf der Suche nach den Einsatzplänen meiner Mitarbeiter.«

»Da kann die Suche wohl etwas länger dauern, bei dieser perfekten Unordnung«, sagte Redcliff vorwitzig.

»Wie meinen ...?«, fragte der Director.

»Ach, nicht so wichtig«, sagte Redcliff lässig und winkte ab.

Zunehmend verunsichert, erkundigte sich Mr. Ewook: »Wie lange wird die Befragung denn dauern?«

»Das können wir nicht im Voraus sagen«, erklärte Marek. »Hängt von Ihrer Kooperationsbereitschaft ab und von derjenigen Ihrer Angestellten.«

»Wie meinen ...?«, wollte der Manager erneut wissen.

»Ganz einfach. Je offener und informativer Sie und Ihr Team unsere Fragen beantworten, desto kürzer unsere Ermittlungen. Es liegt also an Ihnen, wann Sie uns wieder loswerden. Schlage deshalb vor, wir beginnen unverzüglich mit den Interviews. Doch zuvor muss ich Sie darauf aufmerksam machen, dass alles, was Sie sagen, gegen Sie verwendet werden kann.«

»Aber natürlich, ... wenn das der Sache dient, selbstverständlich ...«, stotterte der Director.

»Also dann, Mr. Ewook. Ihnen gehört das *Achilleus*, richtig?«

Ewook nickte. »Ja, das *Achilleus* und fünf weitere Fitnesscenter.«

»Und das Personal? Ist dieses jeweils fix für einen bestimmten Standort eingeteilt oder ist bei Ihnen Jobrotation die Regel?«

»Unsere Kunden schätzen es, ihre Betreuer persönlich zu kennen. Stichwort Vertrauensverhältnis, wenn Sie verstehen, was ich meine. Jobrotation ist Gift fürs Geschäft und kommt bei uns nur im äußersten Notfall vor.«

»Und, war das diese Woche der Fall?«, fragte Redcliff.

»Nein«, antwortete der Dirctor.

»Das ist doch mal eine gute Nachricht«, sagte Marek, während Mr. Ewook damit begann, seinen Schreibtisch zu räumen.

Die Fahnder baten um Mineralwasser und Gläser, und der Director ließ es sich nicht nehmen, das Gewünschte persönlich zu veranlassen. Als Mr. Ewook das Zimmer verlassen hatte, verstauten Marek und Redcliff den herumliegenden Papierkram des Directors in einem Aktenschrank. Dann zogen sie ihre eigenen Unterlagen aus den Aktentaschen und legten sie auf den Tisch. Als der Director zurückkam, war das Büro soweit aufgeräumt und für die Befragung zweckdienlich eingerichtet. Es überraschte Director Ewook, dass die beiden Fahnder je ihr eigenes Verlaufsprotokoll vor sich liegen hatten: ›Doppelte Buchführung kennt man von der Buchhaltung her, aber doch nicht von der Kriminalistik!‹, dachte er. Und in der Tat ist diese doppelte Buchführung in der Kriminalistik eher ungewöhnlich. Normalerweise besteht bei Befragungen und Verhören eine Aufgabenteilung. Während ein Beamter die Befragung durchführt, ist ein zweiter für die lückenlose Aufzeichnung des Inhalts verantwortlich. Bei der Verhörtechnik von Marek hingegen waren beide Beamte sowohl für das Interview als auch für die Aufzeichnung gleichermaßen verantwortlich.

Marek war überzeugt, dass trotz vordergründigem Mehraufwand diese Methode entscheidende Vorteile bot. Denn dieses Vorgehen ermöglichte den Fahndern nach einem Verhör einen viel vollständigeren und wesentlich detaillierteren Datenaustausch. Diese Verhörpraxis war denn auch ein Hauptgrund für die hohe Aufklärungs-, respektive Erfolgsquote, die das Team Marek auszeichnete. Und diese Effizienz wiederum machte das Team zum unbestrittenen Favoriten des Bürgermeisters und sogar – wenn auch mit Abstrichen – von Chief Captain W. Pepperville. Und diese gewichtigen Mentoren stellten sicher, dass das Team bei seinen Ermittlungen weitgehend ohne Einmischung von außen agieren konnte und trotz des allgegenwärtigen Spardrucks in der Verwaltung die benötigten Ressourcen jeweils unbürokratisch und fristgerecht zugesprochen erhielt. Und diese Bevorzugung erhöhte wiederum den ohnehin hohen Aufklärungsquotienten des Teams automatisch und ohne weiteres aktives Dazutun.

9

Verhör im Fitnesscenter
Als Mr. Ewook mit dem Wasser und den Gläsern zurückkam, sagte Marek, »Aha, da sind Sie ja. Dachte schon, Sie wären getürmt!«
»Wer nichts zu verbergen hat, Detective, der türmt nicht!«, sagte dieser empört.
»Nicht verkrampfen, Herr Director. Locker bleiben. Der Detective meint's nicht so«, beruhigte ihn Redcliff.
Noch immer ganz aufgebracht, sagte Mr. Ewook, der von frivolen Späßen nicht viel hielt: »Als rechtschaffener Bürger lasse ich mich nicht kriminalisieren.«
»Recht haben Sie«, sagte Marek. »Aber wenn wir noch lange rumdiskutieren, erwischen wir den Mörder nie. Und das will ein rechtschaffener Bürger doch sicher nicht riskieren?!«
Als der Director nickte, nahm Marek seine Personalien auf, so wie sich das für ein richtiges Verhör gehörte: Vorname, Name, Alter, Beruf – und das exakt in dieser Reihenfolge.
Bereitwillig gab der Director Auskunft: »Tom, Tom E...« Doch noch bevor er seinen Namen

beenden konnte, funkte Redcliff dazwischen: »Wenn Sie jetzt noch *Sawyer* sagen, Mr. Ewook, dann ist mein Tag gerettet!«

»Tut mir leid«, entschuldigte sich der Director, der bis dato weder von *Mark Twain* noch von *Tom Sawyer* etwas gehört hatte. »Mit *Sawyer* kann ich leider nicht dienen, mein Name ist Ewook, Tom Ewook, wenn Sie gestatten!«

Marek warf Redcliff einen vernichtenden Blick zu, denn so hatte eine Befragung wenig Sinn. Er entschloss sich, das Protokoll zu kürzen, und fragte ganz direkt: »Wo waren Sie am Dienstag, Mr. Ewook?«

»Auf einer Tagung im Plaza Hotel. Interessante Veranstaltung. Wirklich sehr interessant!«

»Zeugen?«, wollte Redcliff wissen.

»Mehr als genug«, sagte der Director. »Mindestens sechzig Personen. Und sollte das nicht reichen, gäbe es ja noch eine Unmenge von Saal- und Überwachungskameras«, schloss Mr. Ewook triumphierend.

»Was ist mit diesen Kameras?«, wollte Marek wissen.

»Diese sind zu Weiterbildungs- und zu Überwachungszwecken im Tagungsraum installiert. Mindestens eine davon müsste mich im Verlauf der Tagung aufgezeichnet haben.«

Marek schaute seine Partnerin an und sagte: »Leuchtet ein und lässt sich darüber hinaus auch leicht überprüfen, nicht wahr, Sergeant?«, die nickend bestätigt.

»Tun Sie das, wenn es der Wahrheitsfindung dient«, sagte Mr. Ewook, der nun wieder etwas an Sicherheit und Profil gewann. »Wo das mit dem Alibi nun geklärt ist, kann ich mich jetzt wohl zurückziehen?«, fragte er hoffnungsvoll. »Ich habe noch einen langen Arbeitstag vor mir!«

»Moment. Zwei, drei Fragen haben wir schon noch«, sagte Marek. »Wie viele Mitarbeiter waren am letzten Dienstag im *Achilleus*?«

Der Director schaute in seinen Einsatzplan, den er nach langem Suchen in einem Aktenschrank wiedergefunden hatte: »Es waren vier Mitarbeiter im Haus. Aber nur bis zwölf Uhr. Danach war das Center bis Mittwoch um achtzehn Uhr geschlossen.«

»Geschlossen, warum?«, fragte Marek. »Das ist doch schlecht fürs Geschäft?«

»Nun ja, eine Aktion zum Abbau von Überstunden. Denn allzu viele Überstunden könnten in der Hauptsaison leicht zur Hypothek werden. Solche Engpässe zu vermeiden, ist ein Anliegen der mitarbeiterfokussierten Betriebsführung, und diese wiederum ist ein wichtiges Führungsprinzip von mir.«

»Andere Gründe für die Schließung gab es nicht?«, fragte Marek zweifelnd.

»Nun ja«, sagte der Director zögernd. »Da gibt's noch einen zweiten Grund. Aber der ist sehr delikat! Ich kann mich doch bestimmt auf die Diskretion der Mordkommission verlassen?« Und dann sagte er leise, fast flüsternd: »Im *Achilleus* geht ein Kobold um, der aus den Umkleidekabinen klaut, was immer ihm in die Finger kommt.«

»Ein Kobold? Echt?«, fragte Redcliff verblüfft und amüsiert zugleich, denn an Kobolde glauben in der Regel Kinder und weniger Manager und Directoren!

»Ja, ein Kobold«, sagte Mr. Ewook, dem überhaupt nicht nach Lachen zumute war. »So nennen wir geschickte Diebe, die beim Klauen keine Spuren hinterlassen und nahezu unsichtbar sind. Damit wir den Burschen das Handwerk legen können, habe ich das Fitnesscenter schließen lassen. So konnten wir, ohne Aufsehen zu erregen, Überwachungskameras installieren.«

»Auch in den Trainingsräumen?«, fragte Marek hoffnungsvoll.

»Nein, dort hat es ja immer viel Publikumsverkehr.«

»Dies im Gegensatz zu den Umkleideräumen?«, sagte Marek enttäuscht. »Wäre auch zu schön gewesen.«

»Mag sein«, sagte Redcliff. »Aber klagen hilft auch nicht weiter, Marek.«

»Wie wahr, wie wahr, meine Liebe«, sagte dieser und wandte sich erneut dem Director zu: »Sie haben vorhin gesagt, dass am letzten Dienstag nur vier Angestellte Dienst hatten, richtig?«

»Richtig«, bestätigte der Manager, nachdem er sicherheitshalber nochmals einen Blick auf den Einsatzplan geworfen hatte.

»Sind diese Mitarbeiter heute anwesend?«, fragte der Detective.

»Jawohl, gemäß Einsatzplan arbeiten sie noch bis einundzwanzig Uhr.«

»Okay, dann sollten wir keine Zeit verlieren und dieses Quartett unverzüglich befragen«, schlug Redcliff vor.

»Dann darf ich mich jetzt zurückziehen?«, nahm der Director sein altes Anliegen wieder auf. »Denn wissen Sie, ein Chief sollte für sein Personal und für seine Kunden immer verfügbar sein. Das nennt man Klienten- und Kundenorientierung. Mein wichtigstes Führungsprinzip!«

»Wenn Sie uns die Namen der vier Mitarbeiter verraten, lassen wir Sie gerne laufen«, versprach Redcliff augenzwinkernd.

Mr. Ewook nickte: »Nun gut. Da haben wir einmal Peter Fox, meinen Stellvertreter. Dann Nora White und Gabriel Sanchez, beide Personaltrainer. Und zu guter Letzt noch unser Nesthäkchen, Ivana Orlow, Instruktorin in Ausbildung.«

»Danke«, sagte Marek, »dann lassen Sie doch bitte nach Peter Fox suchen und bestellen Sie ihn hierher.«

Mutiger geworden, wagte Mr. Ewook nun seinerseits ein Späßchen: »Sehr gerne, Detective. Express oder Priority, wenn ich fragen darf?«

»Für Scherze sind wir zuständig«, sagte Marek wenig kulant. »Und im Übrigen, Sie können gehen. Sie haben ja noch viel zu tun.«

Es dauerte ungefähr zehn Minuten, bis ein unauffällig gekleideter Mann im besten Alter anklopfte und mit einem Nicken eintrat. »Mein Name ist Fox, Peter Fox«, stellte er sich freundlich vor. »Ich nehme an, ich bin hier richtig?«

»Ja, sind Sie. Mein Name ist Marek, und dies ist Sergeant Redcliff.«

Als Mr. Fox Platz genommen hatte, bot ihm der Detective ein Glas Wasser an und eröffnete das Gespräch mit einem Small Talk der besonderen Art – ziemlich verdreht und ziemlich konfus »Heiß heute oder eher schwül, Mr. Fox? Oder beides zusammen? schwülheiß? Spucken Sie's ruhig aus, Mr. Fox. Aber bitte spontan, wenn ich bitten darf!«

»Ja gewiss, schwülheiß. Da stimme ich Ihnen vorbehaltlos zu«, spielte Mr. Fox, der als Gastronom den Umgang mit schwierigen Gästen gewohnt war, dieses alberne Spiel willig mit. »Echt unangenehm. Und ausgerechnet heute fällt die Klimaanlage aus!«

»Danke für diese äußerst wichtige Information, ist mir gar nicht aufgefallen«, sagte Marek und wischte sich den imaginären Schweiß von der Stirn.

»Nicht der Rede wert«, sagte Mr. Fox. Und nach einer Pause: »Schrecklich, dieser Mord, nicht wahr! Aber wie kann ich Ihnen helfen, Detective? Was möchten Sie wissen?«

»Woher wissen Sie, dass wir in einem Mordfall ermitteln? Und wer sagt Ihnen, dass wir etwas von Ihnen wissen wollen?«

Langsam hatte der Vizedirector genug von diesem törichten Spiel: »Was mit Dashkin passiert ist, weiß doch längst jeder hier im Hause«, entgegnete er gereizt. »Und wenn Sie keine Fragen an mich haben, kann ich ja gehen.«

»Das werden Sie erst, wenn ich mit Ihnen fertig bin«, sagte Marek grob.

»Dann beeilen Sie sich bitte – hab echt Besseres zu tun, als mich von Ihnen anmachen zu lassen. Es gibt nämlich Leute, die mich wirklich brauchen!« Ganz offensichtlich hatte Mr. Fox mehr Rückgrat als sein Vorgesetzter.

»Es wird sich doch bestimmt jemand finden lassen, der Ihre Gäste betreut«, sagte Sergeant Redcliff, sichtlich bemüht, die Stimmung nicht endgültig eskalieren zu lassen.

Und so konnte der Detective mit der ins Stocken geratenen Befragung fortfahren, die, wie immer nach dem gleichen Muster verlief: »Vorname, Name, Alter, Beruf, wenn ich bitten darf.«

»Peter, Fox, siebenundvierzig, Gruppenleiter und Stellvertreter des Chiefs.«

»Wie lange haben Sie am letzten Dienstag gearbeitet?«, bohrte Marek weiter.

»Von acht bis zwölf Uhr.«

»Und dann, was haben Sie danach gemacht?«

»Anschließend war ich mit meiner Frau im Schwimmbad, und später dinierten wir beim Chinesen. Und bevor Sie fragen, was wir dort gegessen haben: Wir genossen eine leckere, knusprig braun gebratene Peking-Ente.«

»Die Menükarte interessiert mich nicht«, sagte Marek, der heute weder seinen besten noch seinen zweitbesten Tag hatte. »Aber können Sie Ihre Aktivitäten auch belegen? Quittungen oder so?«

Mr. Fox kramte in seinem Geldbeutel und fand nach kurzer Suche tatsächlich die gewünschten Belege und gab sie dem Detective.

»Wie gut kannten Sie Mr. Dashkin?«, erkundigte sich nun Sergeant Redcliff.

»Als stellvertretender Director kannte ich Dashkin natürlich«, sagte Fox. »Aber nur oberflächlich. Ein bisschen Small Talk hier und ein wenig Beratung dort. Ansonsten hatten wir kaum miteinander zu tun.«

»Aber als Chief-Stellvertreter haben Sie den Kunden doch sicherlich persönlich im Betrieb willkommen geheißen und eventuell sogar gemeinsam mit ihm ein passendes Trainingsprogramm zusammengestellt?«

»Nein, habe ich nicht. Mr. Dashkin verzichtete auf diese Dienstleistungen. Er hätte schon längst sein eigenes Trainingsprogramm, meinte er.«

»Trainierte er regelmäßig?«

»Jein«, antwortete Fox.«

»Zum Teufel, was soll ich mir unter ›Jein‹ vorstellen!«, schimpfte Marek. »Reden Sie nicht wie ein Orakel, dafür haben wir keine Zeit!«

»Jein heißt: Sowohl als auch. Oder anders gesagt: früher ja, in letzter Zeit nein.«

»Ist Ihnen sonst etwas aufgefallen? War Dashkin in letzter Zeit anders als sonst?«, wollte Marek wissen. »Wirkte er nervös oder verängstigt? Wurde er von jemandem bedrängt oder gar verfolgt?«

»Nein, nichts Auffälliges. Mr. Dashkin benahm sich wie immer. Und bedrängt wurde er bestimmt nicht, jedenfalls nicht im *Achilleus*. Das wäre uns nicht entgangen.«

»Also niemand, der ihm nachstellte oder der ihn beobachtete?«, vergewisserte sich Redcliff.

»Nein, wie schon gesagt. Nichts, das uns aufgefallen wäre.«

Nachdem Mr. Fox freiwillig die Fingerabdrücke und eine DNA-Probe abgegeben hatte, entließ ihn Marek mürrisch und mit der Auflage, die Stadt unter keinen Umständen zu verlassen und sich für allfällige weitere Fragen zur Verfügung zu stellen.

Sergeant Redcliff verabschiedete den stellvertretenden Geschäftsführer wesentlich freundlicher: »Vielen Dank Mr. Fox für Ihre Unterstützung. Wenn Sie uns dann bitte Miss White hereinschicken würden, das wäre nett.«

»Aber da fällt mir noch etwas ein, Sergant, das Sie vielleicht interessieren dürfte. Ich musste Mr. Sanchez kürzlich abmahnen, weil er sich verbal mit Dashkin angelegt hatte.«

Als Mr. Fox das Büro verlassen hatte, wies Redcliff ihren Vorgesetzten zurecht: »Was ist heute mit dir los? So kann man mit Leuten doch nicht umgehen, Marek. Und schon gar nicht, wenn man etwas von ihnen erfahren will, wie dumm ist das denn.«

»Weiß ich selber. Aber wenn ich etwas nicht vertrage, dann sind das Directoren und Vizedirectoren. Autoritätskomplex, sagt mein Seelenklempner. Er meint, Auslöser für die aktuelle Krise sei Chief W. Pepperville. Und damit könnte er durchaus recht haben.«

Es dauerte eine Weile, bis Miss White, eine sportlich, attraktive Frau Mitte zwanzig, anklopfte und neugierig eintrat. »Sie wollten mich sprechen?«, fragte sie interessiert.

»Wenn Sie Miss Nora White sind, dann gerne«, sagte Redcliff freundlich. »Und nehmen Sie doch bitte Platz und trinken Sie ein Glas Wasser. Hilft gegen dieses schwülheiße Tropenklima.«

Miss White setzte sich und trank das Glas in einem Zug leer.

Dann übernahm Marek und fragte nach bekanntem Muster ihre Personalien ab.

»Nora White, siebenundzwanzig, Instruktorin und so gut wie vergeben!«

»Na ja, die Jugend. Jung, attraktiv, begehrt! Was will man mehr?«, philosophierte Marek und musterte Redcliff dabei ausgiebig. »Das waren noch Zeiten damals, nicht wahr, Sergeant?«, schwärmte er und betonte dabei genüsslich die zwei Worte *waren* und *damals*.

Redcliff biss sich auf die Lippen und sagte verärgert: »Genug, Marek, es reicht für heute!«

»Na so was«, sagte Marek mit Unschuldsgesicht. »Wer wird denn gleich ...!«. Dann wandte er sich wieder der Personaltrainerin zu: »Also. Miss White. Wo waren Sie am letzten Dienstag?«

»Von acht bis zwölf Uhr war ich im Fitnesscenter, aber das wissen Sie ja bereits. Danach ging ich mit Freunden tauchen.«

»Was diese sicher bezeugen können?«, fragte der Sergeant anriffslustig.

»Natürlich. Und YouTube übrigens auch.«

»Verdammtes YouTube«, knurrte Marek. »Allen gibst du ein Alibi. Wenn das so weitergeht, ist die Polizei bald überflüssig!« Dann hakte er nach: »Es gibt also irgendwo im World Wide Web ein hübsches Foto oder vielleicht sogar ein Video von Ihnen?«

»Ja sicher, aber seien Sie nicht allzu enttäuscht, Detective. Zu sehen gibt's mich nur im Taucheranzug«, flötete Miss White.

»Nicht schlecht, ich steh auf Neopren«, sagte der Detective, der sein inneres Gleichgewicht langsam wiederzufinden schien, mit bedenklich schiefem Lächeln.

»Kannten Sie Matt Dashkin?«, unterbrach Redcliff die beiden. Denn dieses doch eher plumpe Gesäusel ihres Chiefs ging ihr allmählich mächtig gegen den Strich.

»Wen?«, fragte Miss White und blickte Redcliff fragend an.

»Den Toten«, erklärte diese trocken und musterte ihr Gegenüber aufmerksam.

Miss White spürte das natürlich und sagte: »Nein, kenne ich nicht.«

»Wie, kenne ich nicht?« fragte Redcliff überrascht. »Dashkin war doch Stammkunde im *Achilleus*, oder etwa nicht?«

»Na und, trotzdem ist mir diese Person nicht bekannt«, sagte Miss White langsam gereizt. »Man kann ja nicht jeden Kunden kennen, nicht wahr?«

»Natürlich nicht«, schaltete sich Marek ein. »Zwar liegt es nicht an mir, meine Kollegin zu entschuldigen. Aber, mit Verlaub, Miss White, der Sergant muss Sie das fragen, denn schließlich ermitteln wir hier in einem Mordfall. Also, Miss: Ist Ihnen in letzter Zeit etwas Seltsames oder Verdächtiges aufgefallen?«

»Tut mir leid, Detective. Ich fürchte nein. Aber vielleicht kann Ihnen Ivana Orlow, unsere Praktikantin, weiterhelfen. Sie unterhielt sich öfters mit Mr. Dashkin.«

»Besten Dank für den Hinweis, Miss White, Sie haben uns sehr geholfen. Aber ich muss Sie dennoch bitten, die Stadt vorläufig nicht zu verlassen. Möglicherweise haben wir später noch weitere Fragen an Sie.«

»Selbstverständlich, ich stehe Ihnen gerne zur Verfügung, Detective. Hier ist meine Visitenkarte. Für alle Fälle, geschäftlich und privat!«, sagte Miss White auf eine eindeutige Weise zweideutig und mit einem reizenden Augenzwinkern.

Offenbar hatte Marek mit seinen anzüglichen Bemerkungen bei der Lady doch noch gepunktet und einiges ausgelöst, was er besser unterlassen hätte!

Als Miss Nora White den Raum hüftschwingend verließ, rief ihr Redcliff nach: »… und schicken Sie uns Mr. Sanchez herein.«

»Wenn die vergeben ist, fresse ich einen Besen«, sagte Sergeant Redcliff noch immer gereizt.

»Na ja, Verehrteste«, sagte Marek, »brauchst mir nicht zu schmollen. Kann ja nichts dafür, dass die Frauen auf mich stehen.«

»Aber nicht alle und jede, bitte merk dir das! Bei mir wirkt dein Charme wie Eiscreme im Winter oder Glühwein im Sommer, mein Bester. Und das Theater von vorhin! Mehr als pubertär, richtig peinlich.«

»Hast recht, wirklich nicht mein Tag heute, sorry. Sei bitte nicht nachtragend, sonst braucht sich Chief W. Pepperville womöglich keine Sorgen mehr um unser Liebesleben zu machen. Und das wäre ihm vermutlich auch wieder nicht recht!«, sagte Marek eindringlich und mit pubertärem Schalk in den Augen. Dann legte er Redcliff beschwichtigend den Arm um die Schulter und wechselte das Thema: »Apropos, Besen fressen, Redcliff. Hoffentlich kriegst du dabei keine Bauchschmerzen. Hast du den großen Klunker am Ringfinger von Miss White nicht gesehen?«

»Das heißt doch gar nichts – sollte ein Frauenflüsterer wie du eigentlich wissen!«

Ein lautes Klopfen unterbrach das Gespräch, und Mr. Sanchez betrat unaufgefordert das Büro.

»Nehmen Sie doch Platz, wo Sie schon da sind«, sagte Marek sarkastisch und ließ es diesmal dabei bewenden, denn er hatte heute ja schon genug Geschirr zerschlagen. »Ein Glas Wasser gegen die Tropenhitze?«, fragte er ungewohnt freundlich.

»Danke, lieber nicht, habe heute schon drei Liter getrunken. Was möchten Sie von mir wissen?«

»Moment, nicht so schnell, erst müssen wir Ihre Personalien aufnehmen«, stoppte Marek den Personaltrainer. Und dann wie gehabt: »Vorname, Name, Alter und Beruf?«

»Gabriel, Sanchez, vierunddreißig, Personaltrainer und gelernter Koch.« Und ungefragt fuhr er fort: »Scheußliche Sache, nicht wahr. Und Sanchez steckt da mittendrin, Wahnsinn! Unverdächtig oder verdächtig, unschuldig oder schuldig? Anwalt oder kein Anwalt? Das ist hier die Frage!«, rezitierte Mr. Sanchez einen berühmten Dramatiker, ohne diesen je gekannt zu haben. Und mit einem »Was raten Sie mir, Detective?«, unterbrach er seinen Monolog für einen Moment. Das allerdings nur, um diesen sogleich – ohne eine Antwort abgewartet zu haben – ungebremst wieder aufnehmen zu können: »Auch wenn Sie dies gerne hätten, Señor Detective, mit einem Geständnis kann und will ich Ihnen nicht dienen. Denn bevor man etwas gesteht, sollte man die Fakten kennen, oder etwa nicht, Detective?« Da Sanchez die Luft auszugehen drohte, entschloss er sich notgedrungen zu einem weiteren Boxenstopp – wobei eine Reihe unappetitlich gelber Zähne zum Vorschein kamen.

»Mund halten, Sanchez«, knurrte Marek, dem dieser Mexikaner langsam, aber sicher mächtig auf die Nerven ging. »Es reicht vollkommen, wenn Sie sich darauf konzentrieren, meine Fragen zu beantworten. Also: Kannten Sie den Verstorbenen?«

»Nein, das heißt … vom Sehen her natürlich schon. So ein Kerl hat Charisma, den kann man gar nicht übersehen. Doch wirklich gekannt habe ich den Typen nicht. Aber«, sagte er schockiert und griff sich mit der rechten Hand theatralisch ans Herz, »Sie verdächtigen doch nicht etwa mich, Señor? Ein Sanchez kann keiner Fliege etwas zuleide tun. Und noch viel weniger einem Menschen! Ich bin kein Mörder, das müssen Sie mir glauben!«

»Eine direkte Frage verdient eine direkte Antwort. Und diese hört sich exakt so an, Sanchez: Jeder Mensch ist ein potenzieller Mörder. Egal ob schwarz, weiß, Indianer oder großmäuliger Latino. Und das gilt zumindest so lange, bis ich Dashkins Mörder gefunden habe.«

Der Personaltrainer atmete die Luft derart tief und scharf ein, dass sich sein sorgsam gebügeltes und modisch gestreiftes Sakko über seinem Brustkorb mächtig spannte. Sein Gesicht lief rot an, und er ballte seine rechte Hand zur Faust, schwieg aber.

»Wenn Sie sich weiter so aufplustern«, sagte Marek, »verlieren Sie womöglich auch noch den zweiten Knopf Ihres Jacketts, einer fehlt ja bereits.«

Das war nun wirklich nicht die feine Art, einen Zeugen zu befragen, dessen war sich Marek durchaus bewusst. Aber er wollte ihn unbedingt zur Raison und wenn möglich auch aus der Fassung bringen. Und dass bei diesem Sanchez etwas faul war, das konnte man ja schon von Weitem sehen und gegen den Wind riechen.

Doch diese Masche verfing bei Sanchez nicht. Er ließ sich nicht provozieren. Stattdessen biss er sich standhaft auf die Unterlippe und schwieg. Sichtlich bemüht, die Angelegenheit nun doch etwas ernster zu nehmen, fragte er nach einer Weile interessiert: »Und wann soll denn dieser Mord passiert sein?«

»Am Dienstagnachmittag zwischen vierzehn und fünfzehn Uhr.«

»Schlecht für Sie, gut für mich, Señor. Dann bin ich definitiv aus dem Schneider! Zu dieser Zeit war ich bei einer Privatkundin. Ich bin Personaltrainer, wie Sie wissen, und habe mit einer Klientin trainiert«, triumphierte Sanchez und entblößte dabei erneut seine unappetitlich gelben Zähne.

»So, bei einer Privatkundin!« wiederholte Marek und war auf einmal hellwach.

»Ja, wir haben ein neues Programm eingeübt. Eins, das Frauen besonders mögen«, sagte Sanchez mit einem bedeutsamen Augenzwinkern.

»Und was für ein Programm ist das?«, wollte Marek wissen.

»Das möchte ich lieber nicht verraten, Detective. Unsere Kunden haben Anrecht auf Diskretion.«

»Berufsgeheimnis, verstehe. Na, dann verraten Sie uns wenigstens den Namen Ihrer Braut!«

»Ms. Claudia Dashkin«, sagte Sanchez.

»Tatsächlich?«, sagte Redcliff und vergaß vor Überraschung, den Mund zu schließen. Und im Gegensatz zu Sanchez' Zähnen waren die ihren glänzend weiß.

»Ja und, ist was mit ihr?«, fragte der Personaltrainer verunsichert.

»Sie trainieren Ms. Dashkin in ihrer Privatvilla und geben vor, ihren Gatten kaum zu kennen«, stellte Marek fest. »Eher ungewöhnlich, wie kommt das?«

»Claudia, äh, Ms. Dashkin hatte kein Verlangen, mich ihrem Gatten vorzustellen, wenn Sie verstehen, was ich meine! Und wie gesagt, Diskretion ist in unserer Branche selbstverständlich.«

»Das wird Mr. Dashkin sicher freuen«, stellte Marek trocken fest. »So muss er sich wenigstens keine Sorgen um seinen Nachruf machen, meinen Sie nicht auch? Aber nun ist genug geredet, Sanchez. Sie spielen da ein gewagtes Spiel und lehnen sich gefährlich weit aus dem Fenster. Man könnte sagen, Sie sind für uns Fahnder so etwas wie ein Kranz beim Bowling oder wie der Hauptgewinn im Lotto, ein richtiger Glücksfall eben!«

»Super. Wie hoch ist denn der Hauptgewinn?«, witzelte Sanchez, dem der Ernst der Lage offenbar noch immer nicht bewusst war. »Am besten überweisen Sie die Moneten direkt auf mein Anlagesparkonto, dort hat es noch mächtig Platz.«

»Tja, da liegt wohl ein Missverständnis vor«, sagte Marek. »Es gibt nämlich nichts zu überweisen. Sie sind nicht der Hauptgewinner, sondern der Hauptverdächtige. Der Verdächtige Numero uno. Capito, Sanchez? Alibi hin oder her!«

Sergeant Redcliff nickte und fügte trocken hinzu: »Herzlichen Glückwunsch, Señor.«

»Verdammt, Detective! Sie verdrehen einem die Worte im Mund! Doch das ändert nichts an der Tatsache, Señor, dass ich am Dienstag bis spät abends bei Ms. Dashkin war. Und überhaupt, ohne meinen Anwalt sage ich besser gar nichts mehr.«

»Und Sie sind sich sicher, dass Ms. Dashkin Ihre Angaben bestätigen wird?«, ließ sich Marek nicht beirren. Denn aus Erfahrung wusste er, dass verheiratete Frauen Seitensprünge, wenn überhaupt, nur ungern beichten.

»Natürlich«, sagte Sanchez selbstsicher.

»Aber wozu denn ein Anwalt? Dies macht Sie ja nur noch verdächtiger, als Sie ohnehin schon sind!«

»Das sagen Sie nur, weil ich ein Latino bin«, sagte Sanchez verärgert.

Und ganz unrecht hatte er mit dieser Behauptung nicht. Denn der Detective hatte tatsächlich die Nase gestrichen voll von diesem eingebildeten Mexikaner. Und so entließ er Sanchez, nicht ohne ihn vorher darauf aufmerksam gemacht zu haben, die Stadt vorläufig nicht zu verlassen. Dies für den Fall, dass die Polizei noch weitere Fragen an ihn hätte und weil er ja der Hauptverdächtige sei.

»Und bitte schicken Sie uns Miss Orlow herein«, rief ihm Redcliff hinterher, als Sanchez das Büro verließ.

Wenig später klopfte es, und ein hübsches Girl mit slawischen Gesichtszügen betrat zögernd das Büro.

Der Detective begrüßte die junge Frau freundlich. »Keine Angst, Miss, hier beißt keiner. Nehmen Sie doch Platz und trinken Sie ein Glas Wasser.«

Ms. Orlow lehnte dankend ab, denn auch sie hatte bereits genug Wasser getrunken.

Dann folgte das übliche Ritual: »Vorname? Name? Alter? Beruf?«

»Ivana, Orlow, neunzehn, Instruktorin in Ausbildung.«

»Wo waren Sie am letzten Dienstag, Miss Orlow?«, fragte Redcliff.

»Im Fitnesscenter, von acht bis kurz nach vierzehn Uhr.«

»Bis kurz nach vierzehn Uhr? Aber das Fitnesscenter hatte doch bereits um zwölf Uhr geschlossen«, fragte der Detective überrascht.

»Eigentlich schon«, sagte Ivana Orlow, »aber Matt wollt an diesem Tag unbedingt trainieren, hatte aber erst gegen Mittag Zeit. Also rief er mich an und fragte, ob ich für ihn vielleicht eine Ausnahme machen könnte.«

»Dann waren Sie womöglich noch im Fitnesscenter, als der Mord geschah?«, mutmaßte Marek.

»Gut möglich«, sagte die junge Instruktorin.

»Ich darf Sie bitten, Miss. Geht es eventuell auch etwas genauer?«

»Gerne, Detective. Zum einen: Ja, ich war im *Achilleus*. Vielleicht sogar zur Tatzeit. Aber ich habe weder etwas Verdächtiges gesehen noch gehört. Matt war schon tot, als ich ihn gefunden habe. Schrecklich, ermordet, mein armer Matt!«

»Sie standen dem Ermordeten nahe?«, fragte der Detective vorsichtig?

Bei dieser Frage brach Miss Orlow in Tränen aus.

»Bitte, Miss«, sagte Marek weich und reichte ihr ein Taschentuch.

Als sie sich ausgeweint hatte, bedankte sich Ivana: »Danke, Detective. Ja, ich kannte Matt gut, sehr gut sogar.«

»Vielleicht ein Verhältnis?«, fragte Marek mitfühlend und vorsichtig, wie das Frauenflüsterer halt so tun.

»Ja, ich liebe Matt von Herzen«, verriet Miss Orlow arglos. »Als wir uns kennenlernten, lief erst alles bestens, ich war einfach nur happy. Aber Matt blieb auf eine sonderbare Art kühl und distanziert. Irgendwie hing er immer noch an seiner Frau, obwohl sie einander schon lange nichts mehr zu sagen hatten. Und seine Frau zu verlassen, das kam für meinen Geliebten nicht infrage. Auch dann nicht, als er erfuhr, dass Claudia ihn betrügt und schon eine ganze Weile mit Kollege Sanchez rummacht. Und vor zwei Wochen dann der Schock: eine E-Mail, in der Matt mir mitteilte, dass er unsere Beziehung beenden will. Ohne Angabe von Gründen, ohne Bedauern, einfach so! Ich muss annehmen, dass ich für Matt nicht mehr war als ein netter Zeitvertreib. Ein Spielzeug, das man entsorgt, wenn es seinen Glanz verliert. Ganz nach dem Motto: Nice to have, but there are also others.«

»Und das hat Sie nicht gestört«, wollte Marek wissen.

»Dass er mich einfach fallen ließ wie eine ausgediente Puppe – das war natürlich ein gewaltiger Schock, ein richtiges Erdbeben!«, bestätigte Ivana. »Dass ich ihn mit seiner Gattin teilen musste, damit hätte ich allerdings gut leben können. Ich bin ja jung und kann Privates und Geschäftliches – aber auch Sex und Liebe – gut auseinander halten. Auch ohne Illusionen und ohne Anspruch auf ewige Liebe: Matt war gut aussehend, unterhaltsam und charmant. Seine Reserviertheit und seine Launen konnte ich ihm so gut nachsehen. Dies umso mehr, als er sich nach Streitigkeiten jeweils gerne von seiner großzügigen Seite zeigte. Irgendwie verstehe ich noch immer nicht, was da alles schiefgelaufen ist. Bis zuletzt habe ich gehofft, dass Matt zu mir zurückfindet. Und jede Nacht habe ich geträumt, dass mein Geliebter vor mir kniet und mir einen goldenen Ring mit einem Blutdiamanten an den Ringfinger steckt und weinend um meine Hand anhält. Also bitte, fragen Sie mich nicht, Detective, ob ich Matt umgebracht habe«, sagte Ivana Orlow stockend. »Es sei denn, Sie wollen mir das Herz ein zweites Mal brechen!« Und während sie schluchzend vor Marek stand, liefen ihr Tränen über die Wangen.

»Gut für Sie, dass Sie nicht eifersüchtig sind, Miss«, sagte Marek und lächelte ihr aufmunternd zu. »Aber wenn ich Ihnen einen Rat geben darf: Lachen Sie sich das nächste Mal einen Single mit passendem Jahrgang an. Oder, wenn es unbedingt sein muss, allenfalls einen lebenslustigen Witwer. Denn verheiratete Liebhaber bringen selten Glück.« Nach diesem durchaus ernst gemeinten Ratschlag entließ Marek die Praktikantin mit den Worten: »Sie können gehen, Miss. Aber bitte bleiben Sie in der Stadt, falls wir noch Fragen an Sie hätten.«

Und als Ivana hinausging, rief ihr Redcliff nach: »Seien Sie so nett, Miss Orlow, und rufen Sie den Director.«

Wenig später betrat Director Ewook das Büro. »Hoffe, dass alles zu Ihrer Zufriedenheit verlaufen ist«, erkundigte er sich höflich und rieb sich die Hände. Und mit einem treuen Hundeblick fragte er hoffnungsvoll: »Dann dürfen wir den Kraftraum bestimmt bald wieder für das Publikum freigeben? Wissen Sie, die Kunden beschweren sich bereits.«

Sergeant Redcliff zuckte die Schultern. »Sorry, Mr. Ewook. Aber das mit dem Kraftraum wird wohl noch dauern. Die Ermittlungen sind ja noch nicht abgeschlossen.«

Und Marek fügte genüsslich hinzu: »Wissen Sie, verehrter Director, mein wichtigster Führungsgrundsatz lautet: Gut Ding braucht Weile, wenn Sie verstehen, was ich meine!«

Dann bedankten sich die Fahnder für die gute Zusammenarbeit und die Gastfreundschaft, packten ihre Siebensachen und verließen zielstrebig das Fitnesscenter.

10

Geheime Nachrichten
»Hey, Marek, habe ich dich vorhin beim Verhör von Sanchez richtig verstanden? Glaubst du wirklich, dass jeder Mensch ein potenzieller Mörder ist? Das ist doch eine ziemlich gewagte These, sehr speziell und alles andere als attraktiv. Und wie muss ich mir das konkret vorstellen? Jedes Mal, wenn du mich anschaust, siehst du eine potenzielle Mörderin vor dir? Echt pervers, dieser Gedanke, finde ich.« Und ohne eine Antwort abzuwarten, fuhr der Sergeant fort: »Zugegeben, etwas Gutes hätte deine abstruse Theorie ja schon. Denn träfe sie zu, könntest du mich auf der Stelle verhaften, und dieser verflixte Fall wäre endlich gelöst: *Aus die Maus* gewissermaßen, *Ende Feuer* – und wir könnten den Laden dichtmachen und getrost nach Hause gehen«, spann Redcliff den Faden weiter. »Oder«, korrigierte sie sich, »du könntest nach Hause gehen und ich in eine gemütliche Zelle im Untersuchungsgefängnis.« Und beim Gedanken an fensterlose, feuchtkalte Mauern zog Redcliff fröstelnd beide Schultern hoch.

»Na, pass auf, Steffanie, sonst siehst du vor lauter Bäumen den Wald nicht mehr. Aber um deine Frage zu beantworten: Ja, ich glaube wirklich an diese Theorie. Und die Praxis hat mir leider nur allzu oft schon recht gegeben. Habe also nicht vor, meine Meinung zu ändern, egal, ob dir das passt oder nicht. Aber in einem Punkt hast du natürlich recht: Wenn alle Menschen potenzielle Mörder wären, so gilt das selbstverständlich auch für uns.«

»Interessantes Menschenbild, Detective André Marek. Hoffentlich hilft's!«

»Kann mit dieser Wahrheit leben, Steffanie. Doch zurück zum Business. Verdammt schwieriger Fall, die Akte Dashkin. So richtig verkorkst das Ganze. Wenn du mich fragst, wir fischen im Trüben! Immerhin – einige Verdächtige können wir nun ausschließen. Wie zum Beispiel Director Ewook. Sein Alibi ist wasserfest. Er hat tatsächlich an einer Weiterbildung im Plaza-Hotel teilgenommen. Apropos wasserfest: Auch Miss White ist aus dem Schneider. Sie war mit Freunden tauchen, wie YouTube hieb- und stichfest beweist. Der Neoprenanzug steht ihr übrigens echt gut, wirklich sexy! Und auch Mr. Fox können wir aus der Liste der Verdächtigen streichen. Der Geschäftsführer des chinesischen Restaurants kann sich an das Ehepaar gut erinnern, sie hätten sich die restliche Ente einpacken lassen. Für ihren Hund, wie sie sagten.«

»Da hast du's«, sagte Steffanie, »großer Aufwand, geringer Ertrag. Aber besser als nichts, würde ich meinen. Zudem haben wir noch etwas Wichtiges für unser Privatleben gelernt: Wir wissen jetzt aus erster Hand, dass das Eheleben ganz schön abenteuerlich und spannend sein kann: Segeltörns, außerehelicher Geschlechtsverkehr, Mord und Totschlag! Interessant auch die Tatsache, dass Verheiratete sich manchmal tatsächlich an das Versprechen halten, ›bis dass der Tod euch scheidet‹«, kicherte Redcliff. »Wenn auch nicht immer ganz freiwillig!«

»Ein bisschen mehr Respekt, Sergeant, wenn ich bitten darf«, sagte Marek mit einem Augenzwinkern. »Aber Spaß beiseite, eine offene Ehe mit Seitensprüngen finde ich echt cool, sofern es für beide Seiten stimmt.«

»Sicher nicht, mein Lieber! Den eigenen Partner betrügt man nicht.«

»Warum so streng?«, fragte Marek, »hast du etwa einschlägige Erfahrung in diesen Dingen?«

»Wohl kaum! In solchen Sachen bist doch du der Experte!«

»Wie meinst du das?«, fragte Marek überrascht.

»Na ja«, sagte Redcliff, »warst du nun gestern Nacht bei Fry, ja oder nein?«

»Ja, war ich, aber ich weiß selber nicht, wie es dazu kam und wie es weitergehen soll.«

»Da hast du's, Marek! Ab jetzt bitte keine Ausreden und Geheimnisse mehr! Deinem Sergeant, mit dem du alle Pferde der Welt stehlen kannst, darfst du dich getrost anvertrauen!«

»Meinst du«, sagte der Detective, der nur allzu gerne das Pferd respektive das Thema gewechselt hätte.

Als die Fahnder durch das Haupttor der Polizeikaserne zum Empfang schritten, rief ihnen der diensthabende Beamte zu: »Post für Sie, Detective!«

»Was gibt's denn?«, wollte Marek wissen.

»Keine Ahnung, Detective, ein merkwürdiger Umschlag, der nach Süden duftet, nach Lavendel oder so.«

»Sind wir hier in einer Ratesendung, oder was?«, brummte Marek missbilligend. »Genauer geht es nicht?«

»Nicht aufgeben, noch bevor du begonnen hast, mein Lieber«, stichelte Redcliff, »du schaffst es, ich glaub an dich! Sogar ohne Publikumsjoker. Roter Umschlag, Parfüm. Was sagt uns das, Marek? Muss wohl etwas mit einer Frau zu tun haben. Und Lavendel? Wer könnte wohl die geheimnisvolle Lavendelfrau sein? Doch nicht Fry? Oder etwa doch?«, rätselte Redcliff weiter.

»Klappe, Redcliff, sonst wirst du zum Schreibdienst abkommandiert«, drohte Marek.

»Werde ich ja ohnehin! Du machst dir die Finger beim Schreiben ja nur ungern schmutzig. Und falls doch, dann explodieren die Probleme: Grammatik- und Rechtschreibfehler zuhauf, welche das für Polizeiberichte zulässige Maß bei weitem übersteigen.«

Marek entschloss sich, auf diese Anwürfe mit innerer Größe zu reagieren, denn sie trafen ja fraglos zu. Und so atmete er tief durch und bedankte sich höflich für die großartige Assistenz des Sergeanten: »Stimmt haargenau, Steffanie. Wüsste nicht, wie ich den Bürokram ohne dich schaffen sollte. Einen besseren Partner als dich gibt es nicht – nicht einmal im Traum!« Und nach einer wirkungsvollen Pause dann: »Reichen dir diese mündlichen Komplimente, oder hättest du sie gerne schriftlich?«

Und so kam es, dass Redcliff die Korrespondenz des Detectives weiterhin ohne Murren erledigte, so wie sie das schon immer getan hatte und wohl auch in Zukunft weiterhin tun würde. Und eigentlich hatte Steffanie ja nichts gegen Schreibarbeiten, denn Schreiben ist anspruchsvoll und kreativ. Und ganz allein ließ Marek seinen Sergeanten beim Schreiben ohnehin nicht. Meist assistierte er ihr mit faulen Sprüchen oder sonstigen Albernheiten.

Im Moment war Marek aber still. Er fingerte seelenruhig an dem parfümierten Umschlag herum, roch immer wieder daran, ohne ihn jedoch zu öffnen.

Das machte Redcliff ungeduldig und neugierig zugleich: »Willst du nicht endlich wissen, was sich darin versteckt? Vielleicht Rosenblätter oder der Slip einer deiner zahlreichen Verehrerinnen?«, witzelte sie.

»Nee, für so etwas ist der Umschlag zu leicht«, sagte Marek, »eher ein Brief oder so.«

»Oder so?«, wiederholte Redcliff, während sie die Notizen des vorangegangenen Verhörs fein säuberlich in den Computer einlas.

Marek hingegen hielt den Brief gegen das Licht und betrachtete ihn von allen Seiten. Dann stand er auf, ging nach unten zur Rezeption und fragte den Schalterbeamten, ob er sich an die Person erinnern könne, die den Umschlag abgegeben hatte.

»Ja. Hübsches Ding«, schwärme der Beamte. »Braunes Haar, grüne Augen, feminin und doch sportlich. Die Uniform steht ihr ausgesprochen gut. Ich glaube, sie kam vom elften Revier.«

»Sagten Sie elftes Revier? Und da sind Sie sich sicher?«, bohrte Marek nach.

»Ja, ziemlich sicher. Auch wenn ich die Beamtin persönlich nicht kenne.«

Gedankenverloren ging Marek zurück ins Büro und fragte Redcliff: »Hi, Steffanie, sag mal, du kennst doch alle weiblichen Mitarbeiterinnen im elften Revier …«

»Auch wenn ich mich von interessanten Frauen durchaus angezogen fühle, heißt das noch lange nicht, dass ich alle Polizistinnen des Countys kenne!«, korrigierte Redcliff ihren Boss.

»Schon klar, hab's nicht schräg gemeint«, lenkte Marek ein. »Bin dir trotzdem dankbar, wenn du mir weiterhelfen kannst.« Und Marek skizzierte so gut er konnte das Phantombild des geheimnisvollen Kuriers, das der Schalterbeamte entworfen hatte.

»Das könnte die Falk gewesen sein, ich kenne sie von der K9-Staffel her«, sagte Redcliff nach längerem Überlegen.

»K9-Staffel, das ist doch die Hundestaffel«, wiederholte Marek laut.

»Ja, aber vor Kurzem hat sie sich ins elfte Revier versetzen lassen. Hi, Marek – musst du denn alles notieren, was ich erzähle? Komme mir bald vor wie bei einem Verhör!«

»Nicht so zickig, Redcliff. Ich verhöre doch nicht meinen Sergeant! Sind nur Strichmännchen, die ich male. Aber weißt du, ob diese Falk eventuell mit Fry befreundet ist?«

»Da bin ich mir nicht sicher. Aber Sarina, so heißt die Falk mit Vornamen, erzählte mir von einer Kollegin, deren Ex ein Riesenidiot gewesen sei. Dieser hätte sie freiwillig gegen einen Militäreinsatz in Übersee eingetauscht. Nicht einmal Goodbye gesagt habe er, dieser Waschlappen!«

»Waschlappen, das sitzt! Und wer damit gemeint ist, ist wohl allen klar«, brummte Marek missmutig und kombinierte: »Dann müssten diese Damen sich aber schon eine ganze Weile kennen.«

»Ist das ein Problem für dich?«, fragte Redcliff sarkastisch.

»Nein, nicht wirklich«, entgegnete Marek kurz angebunden. »Aber wenn du recht hast, dann muss es die Falk gewesen sein, die den Brief an der Rezeption abgegeben hat!«

»Das ist eigenartig«, sagte Redcliff nachdenklich.

»Was ist eigenartig?«

»Warum schickt die Verfasserin dir den Brief nicht regulär mit der Post?«

»Vielleicht, weil sie die Adresse des Empfängers nicht kennt?«, überlegte Marek laut und bohrte dabei mit dem Finger in der Nase. »Oder weil sie schüchtern ist. Wie dem auch sei«, sagte der Detective und gab sich einen Ruck. »Es ist an der Zeit, den Brief zu öffnen.«

Marek öffnete den Umschlag vorsichtig mit dem Brieföffner und entnahm ihm ein Blatt Papier. Dieses war weiß. Weiß wie Schnee. Oder genauer gesagt, weiß wie eine Skipiste in den Rocky Mountains an Weihnachten, nur ohne Skifahrer und Snowboarder. Kein Wort, kein Bild. Keine Nachricht. Nichts, einfach nur weiß.

»Das ergibt keinen Sinn«, sagt Redcliff. »Anonymer Postbote, parfümierter Umschlag, weißes Blatt Papier, kein Text! Die einzige Botschaft ist olfaktorischer Natur.«

Marek biss sich auf die Lippen, und seine Augen verengten sich: »Und ob das Sinn ergibt! Noch nie was von geheimen Botschaften gehört, Redcliff? Geschrieben mit unsichtbarer Tinte und somit nur für Eingeweihte lesbar!«

»Nein, kenne ich nicht. Ich versende meine Nachrichten lieber mit dem Handy, und zwar kennwortgeschützt.«

»Also schau gut zu«, sagte Marek mit geheimnisvoller Stimme, »und staune, wie dein Meister mit unsichtbaren Botschaften umgeht!« Der *Meister* stand auf, entnahm dem Kühlschrank eine Zitrone, presste sie aus und bestrich die Oberfläche des Blatts mit dem Saft. Dann zündete er eine Kerze an und erwärmte mit dieser das geheimnisvolle Papier. Und auf wunderbare Weise erschienen tanzende Buchstaben und verbanden sich zu Wörtern und Sätzen.

Marek hatte also recht. Tatsächlich, eine Geheimbotschaft!

»Cool«, sagte Redcliff, und Marek las vor:

Lieber André,
der Abend mit Dir war toll – schreit nach Wiederholung. Die Schokoladentorte war in jeder

Hinsicht süß, und der Geschmack liegt mir auch jetzt noch auf der Zunge. Und das Danach war nicht nur schön, sondern noch viel schöner, einfach einmalig.
Ich schreibe Dir diesen Brief, weil ich nicht den Mut habe, Dir unter vier Augen zu sagen, was ich für Dich empfinde. Ich habe Angst, Du könntest mich zurückweisen, wie Du das schon einmal getan hast. Ein zweites Mal könnte ich einen solchen Schmerz nicht ertragen. Aber ich möchte, dass Du weißt, dass ich Dich noch immer liebe. Als ich Dich gestern sah, kamen alle Gefühle von damals wieder hoch. Es war, als wärst Du nie weggegangen! Vielleicht geht es Dir genauso? Wäre schön, wenn wir uns bald wiedersehen könnten. Am liebsten Tag für Tag.
In Liebe, Deine Lucie

»Da hast du's«, schimpfte Redcliff. »Obwohl du damals einfach abgehauen bist, liebt Lucie dich noch immer. Und was ist mit dir? Du zögerst und hast nicht den Mut, deinen Fehler wieder gutzumachen. Auf den Knien solltest du Fry bitten, dir eine zweite Chance zu geben. Hör auf meinen Rat, André: Halte das Glück fest, bevor es für immer entschwindet!«

Nach dieser Moralpredigt verließen die Fahnder das Büro und besuchten ihre Stammkneipe. An einem ruhigen Tisch am Ende des Lokals nahmen sie Platz und bestellten Bier, Chicken Wings und Pommes – nebst Donats ihr Lieblingsmenü. Das Essen war fett und schmeckte verdammt lecker.

Als zwei Gäste das Lokal betraten, glitt die automatische Tür quietschend zur Seite.

Redcliff stupste Marek an, der mit dem Rücken zur Tür saß: »Dreh dich kurz um, mein Liebster!«

»Weshalb sollte ich? Ist soeben Doktor Frankenstein eingetroffen?«

»Quatsch nicht so viel, tu's einfach«, sagte Redcliff.

Als Marek sich umdrehte, erkannte er Fry in Begleitung einer Brünetten. Die beiden schienen sich nach einem freien Tisch umzusehen.

»Wir hätten noch Platz«, sagte Redcliff. »Wollen wir?«

»Zum Teufel, warum denn nicht?«, antwortete Marek unsicher und leicht heiser.

»Einmalige Möglichkeit, dir die Frau deiner Träume zu krallen«, ermutigte ihn Redcliff.

Marek erhob sich und winkte den Frauen zu.

Die Brünette bemerkte ihn als Erste, stupste ihre Begleiterin an und zeigte in seine Richtung, »Hey, Lucie, da winkt uns jemand zu. Kennst du diesen Typen?«

»Kaum, bin ja zum ersten Mal in diesem Lokal«, antwortete Lucie und folgte dem Blick ihrer Kollegin. Und dann sah sie den hochgewachsenen Mann, der ihnen zuwinkte. Sie erstarrte für einen kurzen Moment und winkte dann verhalten zurück. Als die Frauen sich zögernd näherten, bat Marek sie zu Tisch.

»Du musst Officer Falk sein?«, begrüßte Marek die Brünette. »Danke übrigens für deine Kurierdienste, habe den Brief erhalten.«

»Welchen Brief?«, fragte Falk verdutzt.

»Den, welchen du im zehnten Revier abgegeben hast«, sagte Marek lächelnd. »Ich bin der Vollidiot, der Lucie Fry wegen eines Auslandeinsatzes hat sitzen lassen. Gestatten, mein Name ist Marek, André Marek.«

Sarina schaute kurz zu Fry hinüber. Als diese den Sachverhalt mit einem Nicken quittierte, sagte sie: »Tut mir leid, Detective. Möchte Sie nicht beleidigen, aber mit Verlaub: Das mit dem Vollidioten habe ich durchaus ernst gemeint. Wenn du möchtest, können wir uns aber trotzdem duzen. Ich jedenfalls heiße Sarina.«

Marek erwiderte ihren Händedruck: »Freut mich. Für dich ab sofort André.«

Und dann wandte sich Marek Lucie Fry zu und sah in ihre grünen Augen, die wie Jadesteine funkelten.

11

Alte Freunde – neue Freunde

Als sich ihre Blicke endlich lösten, legte Marek seine Hand auf Redcliffs Schulter: »Darf ich vorstellen. Mein bester Partner, Sergeant Redcliff.«

Fry reichte ihr die Hand: »Freut mich, dich kennenzulernen. Hoffentlich benimmt sich André anständig. Er kann ja auch sehr rüpelhaft sein, nicht wahr?«

»Unterschiedlich, wie der Wetterbericht. Mal Sonne, mal Regen. Ja, bei Marek weiß man wirklich nie! Und übrigens: Du kannst gerne Steffanie zu mir sagen, wenn du magst. Das Angebot gilt natürlich auch für dich, Sarina.«

Die vier Ermittler steckten die Köpfe zusammen und unterhielten sich angeregt. Nach einer Weile verkündete Marek: »Wird ein anstrengender Tag morgen. Zeit, mich aufs Ohr zu legen.« Und an Redcliff gewandt: »Bis morgen früh, Verehrteste. Und in aller Frische, wenn ich bitten darf!«

Als der Detective bereits am Gehen war, ertönte aus dem Lautsprecher ein Lied, das er schon lange nicht mehr gehört hatte.

Bryan Adams sang »Everything I Do I Do It For You« – und Bryan sang das Lied genauso eindringlich wie damals, als Marek Lucie zum ersten Mal auf die Tanzfläche geführt hatte.

Ohne sich Gedanken zu machen und wie in Trance ergriff Lucie Andrés Hand und zog ihn auf die Tanzfläche. Sie lehnte ihren Kopf an seine Schulter.

Er spürte ihren warmen Atem im Gesicht und vergaß die Welt um sich herum.

Als die beiden so tanzten, wurde es ganz still im Lokal.

Steffanie sagte leise zu Sarina: »Tolles Paar, die zwei. Was meinst du, sollten wir ihnen eine Chance geben?«

Sarina antwortet: »Aber sicher. Schließlich war es ziemlich aufwendig, den Barkeeper zu überreden, Bryan Adams zu spielen.«

»Das war dein Werk?«, staunte Steffanie. »Tolle Aktion, gratuliere!«

»Weißt du, Fry hat die Nacht mit Marek so genossen, sie sprach danach den ganzen Tag nur noch von ihm. Da musste ich einfach ein bisschen Aphrodite spielen und dem armen Amor helfen, dass sein Pfeil das Ziel nicht wieder verfehlt.«

»Verstehe. Aber kannst du mir verraten, was genau sich in dieser Nacht abgespielt hat?«, fragte Steffanie etwas verlegen. »Weißt du, ich bin nicht nur von Berufs wegen sehr neugierig!«

»Typisch Polizistin«, sagte Sarina. »Du kannst mich noch lange aushorchen, aber ohne Anwalt sage ich nichts!«

»Na, dann lassen wir es. Am Wochenende kriegt man ohnehin keine Rechtsberatung«, sagte Redcliff enttäuscht und spielte nervös mit ihren Handschellen, die sie, aus welchen Gründen auch immer, stets bei sich trug.

»Na ja«, sagte Sarina, »etwas kann ich dir ja trotzdem verraten. Es muss ein heißes Date gewesen sein. Fast so scharf wie deine Handschellen. Übrigens, da steh ich drauf!«

»Klingt gut, liebe Sarina. Ich weiß bald selbst nicht mehr, wann sie das letzte Mal privat zum Einsatz kamen.«

»Vielleicht heute Abend – wenn du willst?«, sagte Sarina und lächelte verführerisch.

»Ist das ein Angebot, oder was?«, fragte Redcliff heiser, und ihre Gefühle fuhren Achterbahn.

Sarina fühlte die Zerrissenheit ihres Gegenübers. Wortlos nahm sie Steffanies Hand, und ihre Lippen berührten flüchtig Steffanies leicht geöffneten Mund – und sie küßten sich leidenschaftlich.

»Hey, Lucie, schau dir das an«, sagte Marek und starrte verblüfft zu ihrem Tisch hinüber.

Fry kniff ungläubig die Augen zusammen und sagte mit dunkler Stimme: »Wow, da geht die Post ab, und zwar gewaltig!«

Zurück am Tisch, gratulierte Marek den zwei Turteltauben: »Tolle Show, meine Damen. Empfehle aber Fortsetzung im Hotelzimmer, da ist es persönlicher und bequemer. Und für mich wird es nun definitiv Zeit für den Schönheitsschlaf.« Dann beugte er sich zu Fry hinunter, und küsste sie auf die Wange: »Gute Nacht, Lucie ... und hoffentlich bis zum nächsten Mal?!«

Sarina erhob sich ebenfalls. »Ich muss mal«, sagte sie und zwinkerte Steffanie ungeniert zu.

Lucie schaute Marek nach, der ohne sich umzudrehen die Bar verlassen hatte.

»Alles in Ordnung?«, fragte Redcliff, »du bist ja plötzlich so blass!«

»Alles bestens. Aber mir ist, als ob ich träume. Was, wenn ich aufwache und alles ist wie früher, öd und leer! Schrecklicher Gedanke! Und was ist mit dir?«

»Leicht verwirrt und noch unter Schock«, sagte Steffanie lachend: »Geht Sarina immer so zielstrebig ran?«

»Wenn ihr jemand gefällt, unbedingt!«, sagte Fry. »Aber so wie's aussieht, bist du ja auch nicht die Unschuld vom Land, liebe Steffanie!«

»Alles nur Einbildung«, sagte Redcliff, »aber reden wir doch lieber über dich und Marek. Wie war denn eure Liebesnacht?«

»Hat dir Marek nichts erzählt?«, fragte Lucie verwundert.

»Du kennst ihn ja, kein Sterbenswörtchen. Und Sarina war diesbezüglich auch nicht eben gesprächig.«

»Was möchtest du denn wissen? Es war einfach wunderschön, fast schöner noch als damals!«

»Also, dann seid ihr wieder zusammen, ein richtiges Paar?«

»Schön wär's. Aber wie gesagt! Es ist alles noch so frisch. Machte Marek diesbezüglich gar keine Andeutungen?«

»Nein. Aber ich bin überzeugt, er hat nie aufgehört, dich zu lieben«, sagte Steffanie. »Als er bei seinem Einsatz in Übersee in einen Hinterhalt geriet, wurde er schwer verwundet. Ich glaube, es war die Liebe zu dir, die ihm die Kraft gab, sich am Leben festzukrallen. Etwas, was seinem Kumpel nicht gelang – dieser verstarb kurz nach dem Attentat. Bei den Marines ging das Gerücht um, dein Foto habe André die Kraft gegeben, durchzuhalten.«

Lucie liefen Tränen über das Gesicht, und sie flüsterte: »Danke, dass du mir das alles erzählst, Redcliff.«

»Nicht der Rede wert. Aber bitte kein Wort zu Marek, versprochen!«

»Keine Angst, ich verrate nichts und warte brav, bis er mir alles von sich aus erzählt«, sagte Fry.

»Das kann allerdings dauern«, warnte sie Redcliff.

»Ja, das glaube ich dir gerne«, sagte Lucie. »André hat sich nie gerne in die Karten blicken lassen und hielt sich mit Gefühlen stets zurück. Und doch war er immer sanft und fürsorglich.«

»Ich habe mich an seine raue Art gewöhnt, kenne nichts anderes«, sagte Redcliff. »Hätte aber nichts dagegen, auch einmal seine sanfte Seite zu genießen! Wie dem auch sei – André bleibt für mich, was er immer war: Der beste Partner ever! Auf ihn kann man sich in jeder Situation verlassen, für seine Freunde riskiert er alles.«

»Ja, das ist Marek, wie er leibt und lebt«, sagte Lucie nachdenklich. »Hart im Nehmen, weich im Kern und immer auf die Sicherheit seiner Freunde bedacht.«

»Apropos, Freunde«, unterbrach Sarina die beiden. »Hat jemand von euch eventuell bemerkt, dass es mich auch noch gibt? Falls es interessiert, ich bin aus Fleisch und Blut, man kann mit mir reden!«

»Entschuldige bitte, Sarina«, sagte Lucie, »es war keine Absicht.«

»Kein Problem. Hab mich daran gewöhnt, ignoriert zu werden.«

Lucie kam sich auf einmal überflüssig vor, schaute auf ihre Uhr und sagte gähnend: »Höchste Zeit fürs Bett. Dann verabschiedete sie sich und verließ eilig das Lokal.

»Ich glaube, ich mache mich besser auch auf den Weg«, sagte Redcliff, »wenn ich morgen nicht wie ein nasser Waschlappen rumhängen soll.«

»Nein, bitte geh noch nicht«, sagte Sarina enttäuscht. »Lass uns doch zusammen noch einen Gute-Nacht-Drink genießen.«

»Du willst mich doch nicht etwa mit Alkohol gefügig machen, um mich danach zu vernaschen?«, empörte sich Redcliff, doch sie lächelte dabei. »Das wäre ja ungemein unanständig und erst noch strafbar!«

»Gut möglich, dass ich das will«, sagte Sarina, »... die Handschellen hast du ja dabei!« Dann ergriff sie Steffanies Hand und schaute in ihre himmelblauen Augen, in denen sich Sehnsucht und Verlangen widerspiegelten.

»Okay, einen oder zwei nehme ich noch«, gab Redcliff Sarinas Drängen bereitwillig nach.

12

Teamarbeit
Am nächsten Morgen betrat Redcliff stöhnend das Büro: »Oh Gott, oh Gott. Mein Kopf!« Als Erstes genehmigte sie sich ein Glas kaltes Wasser und ein Aspirin.

»War wohl mehr als eine lange Nacht«, sagte Marek, der sich ein schadenfrohes Lachen nicht verkneifen konnte. »Nette Person, diese Sarina. Und ziemlich direkt.«

»Wenn du meinst! Du musst es ja wissen. Aber wenn du denkst, da läuft etwas zwischen uns, dann irrst du dich gewaltig. Zugegeben, es war etwas viel Alkohol gestern«, sagte Redcliff betont gleichgültig.

»Na, dann war bei dir wohl ein Vampir zu Besuch?«, entgegnete Marek.

Redcliff musterte sich im Spiegel und sah den *Knutschfleck* an ihrem Hals. »Na toll«, sagte sie errötend. »Hast du eventuell einen Schal dabei?«

»Natürlich«, frotzelte Marek. »Möchtest du den blauen oder den roten? Und dazu eventuell noch einen Pfauenmantel mit Federhut?«

»Nein danke«, erwiderte Steffanie genervt.

Dann, etwas leiser und mit drohendem Unterton: »Und kein Wort zu niemandem, Marek, oder es passiert etwas!«

»Klar doch, Steffanie. Partner halten zusammen, ist doch Ehrensache.«

»Verzwickter Fall«, sagte Redcliff, sichtlich bemüht, das doch eher peinliche Thema *Knutschfleck* abschließen zu können. »Zwar haben wir inzwischen Verdächtige und Tatmotive zuhauf, aber nichts in diesem Puzzle, das so richtig zusammenpasst!«

Marek stimmte ihr zu: »Exakt, das ist mit Sicherheit der schwierigste Fall, den wir je …«

»Team Marek, in mein Büro, und zwar sofort!«, wurde der Detective von einer sich überschlagenden Stimme aus dem Lautsprecher unterbrochen.

»Oh je, was das diesmal wohl bedeuten mag?«, fragte Redcliff gespielt verängstigt und drängte sich Schutz suchend an den Detective.

»Um das herauszufinden, gibt es nur ein Mittel: Emotionen ausschalten und Witterung aufnehmen!«, sagte Marek.

»Wie meinst du das nun wieder?«, fragte Redcliff stirnrunzelnd.

»Wenn wir das Rätsel lösen wollen, müssen wir der Fährte folgen, kühn und unerschrocken.«

»Drehst du jetzt komplett durch?«, fragte Redcliff und legte ihrem Vorgesetzten die Hand auf die Stirn.

»Ha, ha«, sagte Marek unbeeindruckt. »Und wenn wir der Richtung folgen, aus der der Lärm stammt, ist das Rätsel schon halbwegs gelöst!«

Also folgten die Fahnder mutig dem immer lauter werdenden Gebrüll, das sie vor eine mächtige Tür führte, an der eine große Tafel angebracht war mit der Aufschrift: »CHIEF W. PEPPERVILLE. Bitte anklopfen und abwarten.«

»Das also ist des Rätsels Lösung! Unser Chief beim Ausflippen! Dann können wir uns ja zurückziehen. Oder etwa nicht, Redcliff?«

»Nichts, was ich lieber täte!«, antwortete diese, »aber sollten wir nicht zuerst das Motiv herausfinden, das diesem Brüllen zugrunde liegt?!«

»Höchst ungern, wenn ich ehrlich bin«, gestand Marek. »Aber ich will dich daran nicht hindern, werde dir im Gegenteil den Rücken stärken. Denn ein richtiger Detective lässt seinen Sergeant niemals im Stich.«

»Hoffentlich gibt das kein Alamo«, seufzte Redcliff, als Marek die Tür öffnete und zögernd das Büro betrat.

»Hi, Chief«, grüßte der Detective jovial und ziemlich deplatziert. »It's a lovely day today, isn't it?«

Die Antwort fiel weit weniger freundlich aus.

»Zum Teufel mit dir, Marek. Kapierst du's denn nie? Anklopfen, abwarten, auf mein Kommando hin eintreten. Genau so – und exakt in dieser Reihenfolge! Das sollte sich ein Detective doch merken können, trotz Handicap und Spatzenhirn!«

»Werde beim nächsten Mal bestimmt daran denken«, versprach Marek. »Aber was liegt denn vor, dass Sie Sergeant Redcliff und mich so dringend anbrüllen müssen, Chief?«

»Wo zum Teufel, Marek, habt ihr gestern Abend gesteckt? Bis weit über Mitternacht hinaus in Downtown unterwegs, wie mir berichtet wurde. Von wegen Undercover-Einsatz! Ein öffentliches Geknutsche in Uniform, so nennt man das!«, blaffte der Chief.

Redcliff errötete und hielt vorsorglich den Mund, denn Widerrede hätte alles nur noch schlimmer gemacht.

Marek hingegen ritt – gemäß der alten Kavallerieregel *Angriff ist die beste Verteidigung* – seinerseits eine Attacke: »Verdammt, Chief, nicht schon wieder diese alten Geschichten. Die sind längst gammlig und stinken. Akzeptieren Sie doch einfach die Wahrheit, und die ist simpel: Es gibt keine Liebesgeschichten und keine Sexaffären zwischen Sergeant Redcliff und mir! Und schon gar nicht im Dienst und noch weniger in Uniform. Und wenn Sie weiterhin solche Unwahrheiten verbreiten, verklage ich Sie gemäß Paragraf 131.3 A des Dienstreglements wegen übler Nachrede und Mobbing.«

Auf ein Verfahren wollte sich Chief W. Pepperville nun aber doch nicht einlassen. Denn »irgend etwas bleibt ja immer hängen«, wie man so schön sagt. Und so kam der Captain auf eine zweite, weit schwerwiegendere Sache zu sprechen: »Stellen Sie sich vor, mein lieber Marek. Bei der Durchsicht der Briefpost öffnet Ihr Chief eines der vielen Kuverts, und was denken Sie, steckt da drin?«

»Keine Ahnung, Chief. Könnte dies oder jenes gewesen sein – vielleicht sogar ein Liebesbrief?«

»Witzig, Marek. Wirklich witzig. Eine Rechnung war's. Eine Rechnung für ein Schießtraining. Ein Schießtraining für zwei Personen …!«

»Alles klar, Chief!«, unterbrach ihn Marek, »Ein Schießtraining, das Sie höchstselbst angeordnet haben und das der Sergeant und ich auf Ihren ausdrücklichen Befehl besucht haben! Dies mit dem Auftrag, unsere Schießtechnik weiterhin zu verbessern. Und so was kostet.«

»Ruhe, Marek«, stoppte ihn Pepperville mit hochrotem Kopf. »Siehst du die Rechnung dort drüben an der Steckwand?«

»Ja, was ist damit?«, fragte Marek.

»Was damit ist? Das ist eine Rechnung über 6.789 Dollar!«, blaffte der Chief. »Kaufen diese Greenhorns doch tatsächlich halb automatische Maschinengewehre und Munition für ein halbes Jahrhundert!«

Als seine Untergebenen nun endlich schwiegen, knallte W. Pepperville die Faust auf den Tisch und sagte: »Mann, das wird Folgen haben! Welche, das werdet ihr künftig in eurer Lohnabrechnung unter der Rubrik ›Abzüge‹ entnehmen können! Und nun raus mit euch, ich will euch die nächsten Monate und Jahre nicht mehr in meinem Büro sehen!«

Die Ermittler verließen mit eingezogenen Köpfen das Office. Eine Weile war es still. Dann summte Marek: »Irgendwann, wenn's niemand sieht, der Marek an dem Stricke zieht. Erhängt den Chief an finstrem Ort, gewiss, gewiss, das ist dann Mord.«

»Schöner Reim, Marek«, lobte Redcliff ihren Partner. »Etwas holprig zwar, aber das ist heutzutage ja schick und trendig. Und obwohl dein Gedicht inhaltlich durchaus nachvollziehbar und auch reizvoll ist – tue bitte nichts, was du später einmal bereust.«

»Danke, liebe Steffanie, für deine aufbauende und konstruktive Kritik. Sie macht mich glücklich und stark!«

Wieder musste Steffanie lachen, und das brachte Marek auf eine Idee. »Redcliff, wie steht es um deine Schauspielkünste?«

»Das hängt ganz von Story und Gage ab«, sagte Redcliff. »Wie soll denn der Film heißen?«

Mord im Fitnesscenter, sagte Marek.

»Klingt spannend«, sagte Sergeant Redcliff interessiert. »Und welche Rolle spiele ich dabei?«

»Sekunde mal, bin gleich zurück!«, sagte Marek geheimnisvoll. Er suchte ein freies Büro, schloss umständlich die Tür hinter sich und wählte eine Nummer. Wenig später meldete sich eine männliche Stimme: »Fitnesscenter *Sparta*, Leonidas am Apparat.«

»Hi, Leon, hier ist André.«

»Dann gibt's dich also doch noch? Lange her, seit du das letzte Mal im *Sparta* trainiert hast. Möchtest du wieder einmal Fitten oder bist du auf der Suche nach der süßen Blondine mit den geheimnisvollen grünen Augen, die ständig nach dir fragt und meinen Mitarbeitern mit ihrer Fragerei langsam, aber sicher auf den Keks geht? Versprich mir, Marek, uns von dieser Lady zu erlösen. Und zwar lieber heute als morgen.«

»Geht klar, Leon! Die Lady hat mich gefunden, und Amors Pfeil steckt tief! Doch deswegen telefoniere ich nicht. Ich brauche deine Hilfe, Leonidas. Ich möchte das *Sparta* für einen halben Tag mieten. Ohne Kundschaft, versteht sich, dafür mit deiner neuen Kamera. Kannst du das richten?«

»Für dich immer«, sagte Leonidas. »Ab dreizehn Uhr gehört das *Sparta* dir!«

Redcliff wartete schon ungeduldig auf Marek: »Und ...?«

»Ich habe das Fitnesscenter *Sparta* für heute Nachmittag gemietet. Um dreizehn Uhr geht's los. Hast du Sarinas Handynummer?«

»Ja sicher, weshalb?«

»Darum«, antwortete Marek kurz angebunden und ergänzte dann: »Ich brauch sie dringend.«

Leicht verärgert ob dieser Antwort sagte Steffanie: »Wie sagt man, Marek? Da gibt es doch mit Absicht Wörter wie ›bitte‹ und ›danke‹. Das sind Zauberworte. Sie öffnen bei deinen Mitmenschen Tür und Tor. Doch ohne sie läuft nichts!«

Nach dieser Benimm-dich-Lektion versuchte es Marek nochmals: »Handynummer, bitte!«

»Na also, geht doch«, sagte Redcliff. »Zwar nicht perfekt, aber immerhin!« Und mit einem gewinnenden Lächeln gab sie dem Detective die gewünschte Nummer.

Marek ging eilig in das Büro zurück, schloss sorgfältig die Tür und telefonierte aufs Neue.

Eine raue Stimme antwortete: »Elftes Revier, Morddezernat, Captain Deville. Was kann ich für Sie tun?«

»Hallo, Deville, altes Haus«, begrüßte Marek den Captain, einen alten Jugendfreund.

»Hallo, Kumpel, lange nichts mehr von dir gehört, wo treibst du dich denn so rum?«, fragte dieser – sichtlich erfreut, wieder einmal was von Marek zu hören.

»Bearbeite gerade einen delikaten Fall und könnte deine Unterstützung gut gebrauchen.«

»Ich höre. Wie kann ich helfen?«

»Brauche zwei fähige Fahnder.«

»An wen denkst du?«

»Wäre toll, wenn du mir Officer Fry vom Streifendienst und Officer Falk von der K-9-Staffel schicken könntest.«

»Geht klar. Aber fragen musst du die beiden schon selber.«

»Kein Problem, Handynummer hab ich schon. Aber da ist noch was«, sagte Marek. »Ich brauche die zwei bereits heute Nachmittag, und zwar für zwei oder drei Tage. Dringende Sache, es eilt!«

»Geht in Ordnung«, beruhigte ihn Deville. »Aber Pepperville hast du sicher bereits informiert?« Und da er die Antwort zu kennen glaubte, konnte er sich ein Lachen nicht verkneifen.

»Wie immer«, versicherte Marek etwas zweideutig. Er legte auf und wählte Sarinas Nummer. »Officer Falk, K9, Hundestaffel, womit kann ich dienen?«

»Hi. Marek hier. Ich brauche dich und Lucie. Deville hat euch freigestellt. Ihr lasst mich doch nicht hängen?«

»Ich und Fry?«, sagte Officer Falk. »Wenn's nach mir geht, ich bin dabei. Kann aber nicht für Lucie entscheiden. Moment also, ich rufe gleich zurück. Ach, übrigens, wie geht's Steffanie, hat sie was von uns erzählt?«

»Ja, es geht ihr gut. Und nein, sie hat nichts erzählt. Sie suchte allerdings nach einem Schal. Irgendetwas mit dem Hals, meinte sie.«

»Na so was!«, sagte Sarina und unterbrach schleunigst die Verbindung. Es dauerte dann aber nicht lange und sie rief zurück. »Okay, es kann losgehen, Detective. Wann und wo treffen wir uns?«

»Dreizehn Uhr«, sagte Marek, »Fitnessstudio *Sparta*. Fry weiß, wo das ist.«

13

Generalprobe und Galadinner
Marek und Redcliff gingen zur Tiefgarage, stiegen ins Auto, fuhren aber noch nicht los.
»Also, Marek, was ist nun dein Plan?«
»Training ist angesagt. Wir besuchen mein Fitnessstudio.«
»Trainieren, ›dein Fitnessstudio‹?« fragte Redcliff erstaunt.
»Nun ja, warum nicht. Und dort erhalten wir willkommene Verstärkung.«
»Von welcher Verstärkung sprichst du, wenn ich fragen darf?«
»F & F. In Insider-Kreisen auch unter dem Namen Fry & Falk bestens bekannt.«
»Schön und gut, aber weshalb ausgerechnet diese beiden?«, wollte Steffanie wissen.
»Überwiegend aus beruflichen Überlegungen, was sonst«, antwortete Marek mit einem schelmischen Lächeln, drehte den Zündschlüssel und drückte aufs Gas. Mit laut aufheulendem Motor und kreischenden Rädern jagte das Auto aus der Tiefgarage. Als sie wenig später im *Sparta* eintrafen, warteten F & F bereits auf sie und wink-

ten ihnen zu. Marek parkierte etwas waghalsig und in perfektem Military-Style, ließ den Motor noch einmal aufheulen und stieg dann aus.

Für Redcliff war das letzte Manöver eines zu viel, sie musste sich übergeben. Danach angelte sie sich eine Dose Cola aus dem Handschuhfach und spülte sich den Mund. Dann ging sie auf die Kolleginnen zu und grüßte beiläufig. Fry grüßte zurück. »Wurde wohl etwas spät gestern?«

»Nicht wirklich, zwei schnelle Drinks, das war's dann auch schon«, antwortete Redcliff.

»Zwei schnelle Drinks! Sonst nichts? Da wüsste ich mehr zu erzählen«, sagte Sarina etwas eingeschnappt. »Aber so oder so, Sergeant, äh ... Steffanie, alles okay bei dir?«

»Ja danke, und du?«

»Alles bestens. Gut geträumt ist halb gewonnen. Der Rest ist Buttermilch, versetzt mit Zitronensaft und etwas Chili. Gut gegen den Kater!«, sagte Sarina lachend.

»Und das soll helfen?«, fragte Redcliff zweifelnd und verzog ihr Gesicht.

»Nicht so skeptisch, Steffanie. Versuch es das nächste Mal doch einfach selbst.«

»Danke für den Tipp. Aber ›nächstes Mal‹ verzichte ich gerne auf *Knutschflecken*, die sind mir definitiv zu bunt.«

»Sorry, das wird nicht mehr passieren. Nächstes Mal küss ich nur noch schwarz-weiß.«

»So, ihr Turteltauben«, sagte Fry, »so läuft also der Hase!«

»Was dagegen?«, fragte Sarina spitz.

»Keine Panik, Süße, wir bleiben Freunde«, meinte Fry.

Dann wandte sie sich an Marek: »Nun, Detective. Wie soll es weitergehen? Wir sind gespannt wie ein Regenschirm vor dem großen Regen. Also, was hast du vor mit uns?«

Marek ließ sich Zeit mit der Antwort und sagte dann: »Nun, Ladys, das Spiel läuft wie folgt: Ich habe das *Sparta* gemietet – ab jetzt gehört es uns! Wir werden den Mordfall Dashkin Schritt für Schritt nachspielen, bis sich das Rätsel löst. Da ich der einzige Mann in der Truppe bin, übernehme ich die Hauptrolle, nämlich diejenige des Toten. Und ihr spielt gleich mehrere Rollen: diejenige der Ehefrau, der Geliebten und, last but not least, des Beobachters.«

Intendant Marek war nun in seinem Element. Er ließ sich nicht mehr aufhalten und gab die letzten Anweisungen: »Lucie, du spielst zuerst den Beobachter, danach die Geliebte und zum Schluss die Ehefrau. Sarina, du bist erst Ehefrau, dann Beobachter und zum Schluss die Geliebte. Steffanie, du beginnst als Geliebte, dann bist du die Ehefrau und zuletzt der Beobachter. Und da ist noch etwas: Der Beobachter ist jeweils auch für die Kamera zuständig. Alles klar, soweit?«

»Alles klar«, bestätigten die drei Polizistinnen.

»Dann los, das Spiel beginnt!«, sagte Marek.

Während des ersten Durchlaufs machte Lucie gewissenhaft Notizen, so wie dies die Rolle des Beobachters verlangte. Als Marek alias Dashkin tot war, gab es eine kurze Pause. Zwar fanden es die Polizistinnen schon etwas seltsam, auf diese Art zu ermitteln, aber es machte ihnen offensichtlich Spaß. Und Marek betonte mehrmals die Bedeutung und Wichtigkeit der Beobachterrolle, da jedem Beobachter womöglich etwas Besonderes auffalle, was wiederum für die Rekonstruktion des Tathergangs und somit für die Ermittlung insgesamt sehr wichtig sein könne. Nach diesem Input startete die Crew zur zweiten Runde, wo Sarina in die Rolle des Beobachters schlüpfte. Und wie schon die Beobachtungen von Lucie, waren auch Sarinas Feststellungen und Anmerkungen äußerst facettenreich und sehr detailliert.

Dann war erneut Pause – Schauspielerei kann ganz schön anstrengend sein und zudem war es im *Sparta* unerträglich heiß! –, doch Marek drängte bereits wieder zur Eile und startete den dritten Durchgang. Bei diesem übernahm Steffanie die Beobachterrolle. Ihre Aufzeichnungen unterschieden sich nur unwesentlich von den vorangegangenen und endeten naturgemäß wie diese mit dem Drama auf der Hantelbank.

Trotz vieler Übereinstimmungen führten gewisse Abweichungen und unterschiedliche Interpretationen zu hitzigen Diskussionen betreffend Tathergang und Motiv. Gewisse Theorien waren sehr realistisch, andere wiederum recht spekulativ.

Aber mit Diskussionen allein gab sich Marek nicht zufrieden. Er zauberte eine Schaufensterpuppe aus dem mitgebrachten Koffer, kramte ein Foto aus seiner Brieftasche und reichte das Bild im Kreis herum. Dann forderte er die Schauspielerinnen auf, die Puppe so zu binden und aufzuhängen, wie dies auf dem Foto abgebildet war. Trotz aller Anstrengungen klappte dies nicht: Entweder waren die Frauen zu klein oder die Puppe zu schwer oder beides zusammen. Dann versuchte sich Marek. Mit Mühe gelang es ihm, das Opfer in die gewünschte Position zu hieven. Zufrieden und heftig schnaufend schaute Marek sich im Kreise um. Dann packte er die Puppe wieder ein, und es folgte eine kurze Manöverkritik: »Prima Schauspielerinnen», lobte Marek, »alle zusammen! Und zum Zeichen der Anerkennung und zur Förderung des Teamgeistes seid ihr auf Kosten des Steuerzahlers zu einem Dinner einzuladen.«

Dieses Angebot fiel auf fruchtbaren Boden, denn Hunger hatten sie alle. »Unten am Hafen«, schlug Marek vor, »gibt es ein nettes Lokal.«

»Denkst du an das ›Poseidon‹?«, fragte Sarina. »War noch nie dort, aber die Fischküche soll ausgezeichnet sein.«

»Exakt! Und wenn kein Veto erfolgt, dann marsch, ab ins *Poseidon*!«, sagte Marek. Und so setzte sich die Crew in Bewegung und folgte der Hafenstraße hinab zum Meer.

Im *Poseidon* angekommen, bestellte Marek einen Tisch für vier Personen. Der Geschäftsführer gratulierte: »Da haben Sie mächtig Glück, Sir. Ein Tisch ist gerade frei geworden, und erst noch der schönste, den wir unseren Gästen anbieten können.« Und ein Kellner führte die Abendgesellschaft auf den kleinen Balkon mit Aussicht auf Hafen und Meer.

»Schön, sehr schön. Der Tisch ist gebucht«, sagte Marek, und die Fahnder setzten sich. Sie studierten die Speisekarte und entschieden sich für die Seafoodplatte und den griechischen Salat mit Baumnüssen. Zum Trinken bestellten sie einen Krug Wasser, eiskalt, mit Zitronenschnitz. Wenig später brachte der Kellner das Bestellte, und sie aßen schweigend.

»Schmeckt wirklich lecker«, unterbrach Redcliff die andächtige Stille. »Warum waren wir früher nie hier, Marek?«

»Zu viele Erinnerungen«, antwortete Marek. »Erinnerungen an die schönste Zeit meines Lebens.«

»Die du mit Lucie geteilt hast?«, vermutete Redcliff.

»Genau«, bestätigte Fry und legte ihre Hand in die von Marek.

»Hand in Hand«, konstatierte Redcliff nüchtern und ohne jede Spur von Spott und Eifersucht: »Es funkt also wieder!«

»Auch wenn ich dich vor diesem skrupellosen Detective gewarnt habe, Lucie, da scheint es etwas zu geben, was euch geheimnisvoll anzieht und verbindet«, doppelte Sarina nach, »... so wie der Blitz den Donner und das Licht die Motten!«

»Ob das Lucie auch so sieht?«, fragte Marek zweifelnd und vermied tunlichst jeden Blickkontakt mit ihr. »Denn Feigheit und Verrat – das kann man wohl nicht einfach so vergeßen!?«

»Vergessen nein, verzeihen ja!«, sagte Lucie unter Tränen und drückte Marek fest an sich.

Als sie ihn wieder losließ, reichte Marek ihr eine Serviette, damit sie ihre Tränen trocknen konnte.

»Autsch«, schrie Lucie, »meine Augen – sie brennen wie Feuer!«

»Verdammt«, entschuldigte sich Marek. »Was zum Teufel hat denn Pfeffer auf einer Serviette zu suchen!«

»Da waren wir wohl zu optimistisch«, sagte Sarina lachend. »Eure Liebe scheint doch noch etwas pannenanfällig zu sein.«

»Wie wahr, Sarina. Du weißt ja, Beziehungsarbeit ist Schwerstarbeit!«, bestätigte Lucie, nachdem sich ihre gereizten Augen wieder beruhigt hatten. »Aber was tut sich eigentlich bei euch, Sarina?«

»Wie meinst du das?«, fragten die Angesprochenen, und ihre Wangen röteten sich synchron.

»Meint ihr, wir seien blind«, entgegnete Fry lachend. »Eure heimlichen Blicke haben euch längst verraten. Und über weitere Intimitäten wollen wir gar nicht erst diskutieren.«

»Ihr träumt wohl am helllichten Tag«, wiegelte Steffanie ab, der diese Diskussion langsam zu persönlich wurde.

»Wirklich«, meldete sich nun Sarina zu Wort: »Dann hab ich mir wohl zu viel und erst noch falsche Hoffnungen gemacht?«

»Nun sei doch nicht so zugeknöpft, Steffanie«, mahnte Fry, »und gib dir endlich einen Ruck!«

»Ja genau«, sagt Marek, »Angsthasen gewinnen niemals einen Preis, keine Karotten und schon gar keine Freunde!«

»Zugegeben, ein heißes Eisen bist du ja«, sagte Steffanie leise und schaute Sarina dabei trotzig in die Augen.

Diese ließ sich nicht zweimal bitten. Sie krallte sich Steffanie und gab ihr einen dicken Kuss mitten auf den Mund.

»Lass los«, wehrte sich Steffanie schwach, »Ich krieg ja kaum Luft!«

Nun, da die Arbeit getan und die wichtigsten Fragen geklärt waren, wich die Hektik des Tages und machte einer gelösten Feierabendstimmung platz. Die vier Freunde ließen sich viel Zeit, bevor sie das Lokal verließen und sich auf den Heimweg machten.

14

Von Schießübungen, Geländespielen und Theaterbesprechungen
Am nächsten Morgen war wieder einmal ein Schießtraining angesagt. Die Fahnder gingen auf den Schießplatz, luden ihre Waffen, schützten ihre Ohren mit gelben Ohrstöpseln und bereiteten sich mental auf das Wettschießen vor. Im ersten Durchgang lagen Marek und Fry vorne, welche dann auch das Finale bestreiten durften. Die beiden gaben ihr Bestes und lagen lange Zeit gleichauf. Zur Überraschung aller war es dann aber Fry, die das Finale – wenn auch äußerst knapp – gewann.

»Toll geschossen«, gratulierte Marek, »ausgezeichnete Schießtechnik!«

Da die vier nach dem Wettschießen noch keine Lust verspürten, auf die Polizeiwache zurückzukehren, führten sie gemeinsam noch einige fingierte Such- und Rettungseinsätze durch, bei denen Steffanie als gelernte Sanitäterin das Kommando übernahm. Dabei hatte sie einiges zu tun, denn nur allzu leicht vergisst man, wie eine Schocklagerung aussieht und wie eine effiziente Herzmassage. Aber bald schon wurde das Erste-Hilfe-Training durch ein reges Treiben auf dem Übungsgelände gestört. Die SWAT-Teams 08 und 09 waren mit Sack und Pack ausgerückt und schwärmten aus, denn es stand ein Planspiel auf dem Programm. Als sich die SWAT-Männer aufwärmten, näherten sich die zwei Team-Chiefs den Fahndern.

»Hallo, Marek. Noch immer bei der Mordkommission?«, grüßte der eine.

»Das ist Captain Matthew, ein alter Schulfreund von mir«, stellte Marek diesen seinen Kolleginnen vor.

Der Captain grüßte freundlich zurück, während er gleichzeitig der vorbeijoggenden Truppe mächtig einheizte: »Schneller, Männer, bewegt euch! Tempo, Tempo, ihr Lahmärsche!«

Fry schaute Marek, der das Treiben schmunzelnd verfolgte, fragend an. »Ziemlich dekadente Ansprache, finde ich. Was soll daran lustig sein?«

Marek erklärte: »Inhalt ist Nebensache, Lucie. Ich genieße den Sound. Echt motivierend, wie bei den Marine-Scouts! Sound vom Allerfeinsten!«

Captain Matthew horchte auf. »Warst du bei den Scouts, Marek? Ich dachte, du hättest bei der U.S. Infanterie gedient? Das ist ja ein weiteres Argument, dich von der Mordkommission abzuwerben!«

Nun meldete sich der zweite SWAT-Officer zu Wort: »Hi, Lucie. Was machst denn du hier? Nicht mehr im elften Revier!?«

»Eigentlich schon, aber im Moment ans zehnte Revier ausgeliehen. Wir ermitteln in einem besonders brutalen Mordfall. Unsere Sondereinheit steht unter dem Kommando von Detective Marek. Übrigens, André, das ist mein Bruder Tim, Chief Officer SWAT-Team 09. Und Tim, das ist Detective Marek.«

»Der Mistkerl, der dich wegen eines Überseeeinsatzes der US Marines abserviert hat?«, fragte Tim.

»Exakt. Aber spätestens seit gestern ist er kein Mistkerl mehr, sondern wieder mein Lover«, sagte Lucie und drückte Marek einen fetten Kuss auf die Wange.

»Du hast einen Bruder, Lucie? Hast mir noch nie von ihm erzählt.«

»Na ja, jetzt weißt du es. Und er wird dich von heute an ganz genau beobachten. Nicht, dass du mir noch einmal abhaust!«, drohte ihm Lucie lachend.

»Fühle mich geehrt. Dann stehe ich also ab sofort unter verschärfter Beobachtung?«, konstatierte Marek schmunzelnd.

»Ha, ha, pass nur auf, was du sagst«, warnte Lucie. »Mein Bruderherz versteht durchaus Spaß, aber erst ab dem vierten Whisky!«

Nach all den Drohungen wandte sich Marek nur allzu gerne wieder Matthew zu: »Hi, Chief, kannst du mir verraten, was zurzeit beim SWAT so abgeht?«, erkundigte er sich. »Sind Kraft und Drill noch immer die wichtigsten Ausbildungsinhalte, die aus unseren Rekruten in kürzester Zeit kopflose Kampfmaschinen machen? Oder gewinnt die Einsicht, dass rohe Gewalt geistige Stärke niemals ersetzen kann, doch langsam auch bei euch die Oberhand? Und übrigens: Hast du gewusst, dass denkende Soldaten signifikant weniger unter Migräne leiden als hirnlose Roboter – auch wenn dies auf den ersten Blick etwas paradox klingen mag. Dasselbe gilt übrigens sinngemäß auch bei Magenverstimmung und Durchfall – wie neueste wissenschaftliche Studien belegen.«

»Einmal Marek, immer Marek!«, schmunzelte Matthew. »Aber recht hast du. Mentaltraining ist wichtig. Deshalb hätte ich dich auch gerne als Ausbilder im Team. Überleg dir's gut – musst dich ja nicht heute entscheiden. Aber es wäre toll, wenn du mit deinem Team an unserem Planspiel teilnehmen würdest – so quasi als Generalprobe!«

»Was steht denn auf dem Programm?«

»Geiselnahme, wenn möglich natürlich mit Happy End. Also los, Marek, sei kein Spielverderber, spiel schon mit! Du bist in meiner Gruppe eingeteilt, und die Ladys spielen die Geiseln.«

Als die »Ladys« dieses Angebot empört ablehnen wollten, beschwichtigte Marek diese: »Mitmachen ist natürlich freiwillig. Aber ich verspreche euch, so ein Planspiel ist echt spannend – eine richtige once in a lifetime experience – und by the way – spätestens an Weihnachten seid ihr wieder zu Hause.« Und nach einer kurzen Pause: »Kleiner Scherz, ihr dürft lachen!«

»Oh, ist er nicht süß, unser Detective. Und so entschlossen männlich«, sagte Sarina ironisch.

»Ja, wenn wir dich nicht hätten«, doppelte Lucie nach und gab ihrem künftigen Retter schon mal einen zärtlichen Kuss – so quasi als Vorschuss.

Leicht irritiert wandte sich Marek wieder an Matthew: »Und welche Aufgabe wartet auf mich?«

»Da du sonst nichts kannst«, frotzelte dieser, »habe ich dich bei den Scharfschützen eingeteilt. Kannst die Truppe dirigieren und beim Vorrücken unterstützen.«

»Verstanden, Chief, tue mein Bestes. Brauch aber noch ein Schießeisen.«

»Natürlich«, sagte Chief Matthew und überreichte ihm ein Gewehr.

»Wow, eine M110, tolle Kanone«, freute sich Marek. »Schon lange nicht mehr in den Händen gehabt!«

»Für die Besten das Beste«, erwiderte Matthew.

»Und wo finde ich nun meine Truppe?«, fragte Marek.

Chief Tim wies nach rechts: »Zweihundert Meter in Laufrichtung. Und bitte Beeilung, wir sind zeitlich bereits in Verzug!«

Marek nahm seine Beine in die Hand und kam schnaufend bei der Truppe an. Diese teilte er in zwei Teams und befahl: »Gruppe Idaho bleibt vorerst hier, Gruppe Wisconsin rückt langsam Richtung Parkplatz vor. Aufgepasst, keine Maus darf unsere Linien durchbrechen.« Wie befohlen rückte Gruppe Wisconsin vor, vorsichtig und in versetzter Formation.

Als alle Zufahrtsstraßen abgeriegelt waren, wies Marek Gruppe Idaho an, sich in Richtung Wald zu verschieben und sich oben auf der Hügelkuppe neu zu formieren. »Von dort aus«, erklärte Marek der Truppe, »ist das Terroristennest gut einsehbar und wir können besser entscheiden, wie das Anwesen zu stürmen ist, ohne dabei die Geiseln unnötig zu gefährden. Und denkt daran«, schärfte er seinen Männern ein, »unser Angriff muss die Geiselnehmer total überraschen, wir wollen ihnen nach Möglichkeit keine Zeit zur Gegenwehr lassen!«

Die Soldaten verstanden, und schon nach kurzer Zeit waren sie im Wald verschwunden. Wenig später erreichten sie die Anhöhe und machten sich gefechtsbereit.

Marek beobachtete durch das Zielfernrohr der M110 das Anwesen. Es war nichts Auffälliges zu sehen. Auf sein Zeichen hin stürmten die Männer das Gebäude. Überrascht und planlos erwiderten die Geiselnehmer das Feuer. Marek suchte durch das Fernrohr ein Ziel und schoss. Dann meldete er über Funk: »Tango one auf Dach eliminiert.« Dann suchte er ein neues Ziel. Wenig später meldete er: »Tango two auf Balkon eliminiert. Luft scheint sauber, rein ins Gebäude mit euch, marsch!«

Die Truppe drang durch die Fenster im Erdgeschoss ein und sicherte die Eingangshalle. Danach durchsuchten die Männer Raum für Raum. Als sie sicher waren, dass sich niemand mehr im Erdgeschoss befand, meldeten sie über Funk: »Erdgeschoss save!«, und stürmten das erste Stockwerk. Bald hörte man über Funk auch schon das befreiende: »Erste Etage save!« Doch dann geriet der Angriff ins Stocken, denn das Treppenhaus war ab hier verbarrikadiert.

Marek, der inzwischen zu seiner Truppe aufgerückt war, sicherte das Treppenhaus, während seine Männer die Barrikaden räumten. Dann befahl er: »Weiter vorrücken, Männer, marsch! Druck aufrechterhalten. Gebt den Hurensöhnen keine Zeit, sich neu zu formieren!« Und schon stürmte Marek das Treppenhaus, und seine Männer folgten. Bereits nach wenigen Minuten war die Arbeit getan: Ein dritter Geiselnehmer war tot, zwei weitere kampfunfähig und das Wichtigste, die Geiseln befreit. Wenig später verkündete Marek über Funk: »House save, Geiseln unverletzt!«

Bei der darauf folgenden Übungsbesprechung war Chief Matthiew sehr zufrieden: »Toll gemacht, Männer. Auftrag super gelöst, und das in Rekordzeit. Bin mächtig stolz auf euch!« Und zu Marek sagte er: »Gute Strategie gewählt, Detective. An den Straßensperren konnten noch drei weitere Kidnapper festgenommen werden!«

Marek salutierte und sagte militärisch knapp: »Danke, Sir!« Und an die Geiseln gewandt: »Hab ja versprochen, dass ihr noch vor Weihnachten frei seid. Und versprochen ist versprochen!«

Lucie sagte theatralisch: »Ein Mann, ein Wort«, und drückte ihren Liebsten fest an sich.

Nur ungern störte Sarina diese Idylle: »Lucie, ich kann Steffanie nirgends finden. Weißt du, wo sie steckt?«

Fry und Marek sahen sich betroffen um. Und nun wurde es auch im SWAT-Team unruhig.

Ben, ein Gruppenführer, wurde vermisst. Und dann hörte man aus dem soeben gestürmten Haus ein schwaches Rufen. Es schien aus dem Keller zu kommen. Dort kniete Redcliff neben Ben, der stark blutend und mit abgewinkeltem Schienbein am Boden saß. Mithilfe seines Gurtes gelang es dem Sergeant, die Blutung zu stoppen. Da Ben bereits viel Blut verloren hatte, lagerte sie seine Beine hoch.

Marek alarmierte die Ambulanz, kniete sich neben Steffanie und sagte leise zu ihr: »Ohne dich wäre Ben nicht mehr am Leben, nicht wahr?« Und er erinnerte sich daran, wie Steffanie damals mit Faust und Schal das Blut zurückgehalten hatte, das ihm aus einer Schusswunde im Bauchbereich entwich und kaum zu stoppen war.

Als endlich die Ambulanz eintraf, schaute Sergeant Redcliff auf die Uhr: »Sollten wir nicht schon längst auf dem Revier sein, Marek? Chief Pepperville wird uns sicher längst vermissen!«

»Da hast du wohl recht«, sagte Marek. »Das dürfte ein Donnerwetter der höchsten Gefahrenstufe geben.«

Marek und sein Team verließen den Trainingsplatz subito und kehrten eiligst ins Präsidium zurück. Wie erwartet, war dort bereits die Hölle los: »Team Marek, daher!« brüllte Chief W. Pepperville, »ins Büro mit euch, marsch!«

»Oh je, Marek, du Ärmster«, sagte Redcliff teilnahmsvoll. »Könnte eine schwache Frau wie ich dir helfen, glaub mir, ich tät's.« Dann klopfte sie ihm aufmunternd auf die Schulter und schubste ihn mit der Bemerkung »Gentlemen first« sanft in Pepppervilles Büro.

Dort thronte der Captain hochaufgerichtet, mit hochrotem Kopf und aufgeblasenen Backen auf seinem mächtigen Bürosessel und schrie mit donnernder Stimme: »Schweinerei, Marek! Genug ist genug! Unglaublich!« Und seine Gesichtsfarbe wechselte von Hochrot in ein bedrohliches Dunkelviolett, als er fortfuhr: »Rekrutiert der Kerl ohne Befugnis tatsächlich Polizisten aus fremden Revieren, nimmt an Planspielen fremder Einheiten teil und mietet eigenhändig ganze Fitnessstudios. Das hat Konsequenzen, jawohl, Konsequenzen hat das. Diesmal, Marek, bist du zu weit gegangen, eindeutig zu weit. Oder wie schon die alten Römer sagten: ›Rubiconem transgressus est!‹ – zu gut Deutsch, mein lieber Marek: ›Genug ist genug ... oder so‹!«

»Nicht aufregen, Chief«, sagte Marek. »Sie wissen doch: Toben hilft nicht, auch wenn man mit dem Latein am Ende ist. Und zudem, ungewöhnliche Situationen verlangen nach ungewöhnlichen Methoden, sonst kommt die Menschheit nicht voran!«

Der Captain schien sich tatsächlich etwas zu beruhigen – jedenfalls wechselte seine Gesichtsfarbe langsam wieder auf Normalrot. Dann nahm Chief Pepperville einen neuen Anlauf. Denn nebst diesen Übertretungen gab es da noch etwas ganz Delikates, was es zu sanktionieren galt: »Und dann die Zusammensetzung des Teams, Marek! Ausschließlich Polizistinnen, eine besser aussehend als die andere. Und wer ist der Einsatzleiter? Natürlich Marek, der Frauenflüsterer, wer sonst. Da braucht es keinen Hellseher, um die Motive des Detectives bei der Stellenbesetzung zu ergründen: verdrängte Pubertätskonflikte mit ödipalen Verspannungen, Eitelkeit, Narzissmus und hormonelle Überdosierung. Von wegen ›außergewöhnliche Situationen erfordern außergewöhnliche Methoden‹! Ha, ha, dass ich nicht lache! Verdammt, Marek, wir sind hier bei der Polizei und nicht in einem Partnervermittlungsinstitut oder in einem Kaninchenstall mit Rammler!«, fluchte Chief W. Pepperville.

»Nun reicht es aber, Captain!«, unterbrach ihn Marek. »Alles haltlose Unterstellungen eines alternden und eifersüchtigen Chiefs. Das will und muss ich mir nicht länger gefallen lassen. Wenn das so weitergeht, reiche ich definitiv Klage beim Personalamt ein.«

Dann war es still, totenstill. Der Captain und der Detective standen sich unversöhnlich gegenüber und starrten sich hasserfüllt an.

Nach einer gefühlten Ewigkeit verließ Marek wortlos das Büro seines Vorgesetzten. Als sei weiter nichts vorgefallen, wandte er sich an sein Team: »An die Arbeit, Leute, wir haben einen Mordfall zu klären! Nur, wo sind wir stecken geblieben? Richtig, Sarina, beim Theaterspielen – danke für das Stichwort! Na dann, Ladys, lasst uns die gestrigen Beobachtungen zusammentragen und die einzelnen Szenen peinlich genau analysieren. Folgen wir der Spur, solange sie heiß ist!«

Zurück im Besprechungszimmer, fragte der Detective: »Nun, wer möchte beginnen? Vielleicht du, Sarina?«

»Gerne. Aber das Ganze ist kompliziert, gar nicht so einfach.« Sarina gab sich einen Ruck und begann: »Zur Szene eins: Ich glaube, die Eheleute wussten durchaus von der Affäre ihres Partners, wollten sich aber nichts anmerken lassen. Und Szene zwei legt nahe, dass der Ehemann seine Geliebte möglicherweise wirklich liebt und er seine Gattin lieber heute als morgen verlassen möchte. Und nun zur Szene drei: Diese ist merkwürdig und ergibt auf den ersten Blick wenig Sinn. Klar ist, es handelt sich hier um einen Mord und nicht um einen Unfall. Aber die multiplen Hinrichtungen sind schwer zu verstehen, sowohl funktional als auch motivational. Ich gehe davon aus, dass – trotz *Dreifachmord* – dennoch nur ein Mörder existiert. Und dieser tötete das Opfer mit der Hantelstange. Die weiteren Misshandlungen respektive Leichenschändungen fanden vermutlich post mortem statt und verweisen auf weitere (Neben-)Täter. Diese handeln aus Hass und rächen sich am Opfer, obwohl dieses schon tot ist, als sie es finden. Der eine erdrosselt den Toten mit einem Seil – oder war es ein Gurt? – und der andere hängt das Opfer zusätzlich am Rahmen der Hantelbank auf. Und dieser *andere* muss definitiv ein Mann gewesen sein, da eine Frau nicht genügend Kraft gehabt hätte, das muskulöse und hochgewachsene Opfer alleine hochzuziehen. Abschließend komme ich zum Schluss, dass wir die Ehefrau des Opfers, ihren Personaltrainer und die junge Instruktorin zwingend nochmals befragen müssen, und zwar intensiv! Meint ihr nicht auch?«

»Danke, Sarina, sehr gut beobachtet und noch besser analysiert!«, lobte Marek. »Und was denkt ihr? Lucie? Steffanie?«

»Ich stimme Sarina voll und ganz zu. Sie hat die Sache auf den Punkt gebracht«, antwortete Lucie.

»Dem gibt es nichts Weiteres anzumerken, kann mich dem Gesagten nur anschließen«, sagte Steffanie.

Marek war sichtlich beeindruckt. Einerseits davon, wie schnell sein Team von seinem analytischen Denken profitieren konnte (gute Vorbilder sind wichtig), andererseits von der Professionalität des Teams (Fähigkeit, sich auf neue Situationen und Techniken einzulassen). Zufrieden lehnte Marek sich zurück und sagte: »Gut gemacht, Ladys. Es müsste mit dem Teufel zugehen, wenn uns unsere Studien nicht weiterbringen sollten. Der Mörder muss sich in Acht nehmen, bei so viel Frauenpower!« Dann begann Marek zu telefonieren. Als Ersten erreichte er Mr. Sanchez. Dieser versicherte, er könne in einer Stunde, spätestens in neunzig Minuten, auf dem Präsidium sein.

15

Nichts ist, wie es ist!
»Willkommen zurück, Mister Sanchez«, sagte der Detective als dieser das Büro betrat. »Wie wäre es diesmal mit der Wahrheit?«
Sanchez runzelte die Stirn und sagte mit gedehnter Stimme: »Mit der Wahrheit?«
»Richtig, Sanchez, mit der Wahrheit. Nur raus damit! Dass Sie der Liebhaber von Miss Dashkin sind, das haben Sie uns ja bereits verraten. Aber nur Liebhaber, das ist doch auf die Dauer etwas sehr bescheiden. Eine einsame und vermögende Witfrau, das wäre bestimmt eine wesentlich lohnendere Partie! Also musste Mr. Dashkin sterben. Leuchtet ein, oder etwa nicht?«
»Ich habe gedacht, Señor, Detectives seien Meister der Kombination. Aber Sie enttäuschen mich: Fantastische Geschichten, haltlose Anschuldigungen, keine Beweise! Und mein Motiv, Mr. Marek? Warum sollte ich denn Dashkin Ihrer Meinung nach umbringen?«
»Tja, mein lieber Sanchez. Sie haben nicht zugehört! Das Motiv ist klar, glasklar sogar:

Liebe, Eifersucht, vielleicht vermischt mit Geldgier? Eine brisante Mischung!«

»Machen Sie es sich da nicht zu einfach, Señor? Sie denken, das reicht? Vielleicht, weil der Sanchez nur ein billiger Mexikaner ist? Aber ich sag Ihnen etwas: Sanchez ist bestimmt nicht der Typ, der von Hochzeitsglocken träumt und den darauffolgenden Katzenjammer verdrängt. Da müssen Sie sich schon etwas Überzeugenderes einfallen lassen!«

»Nun gut, Sanchez. Wie Sie wünschen. Sie hatten eine Auseinandersetzung mit Dashkin. Kurz vor seinem Ableben. Worum ging es bei diesem Streit?«

»Eine Auseinandersetzung mit Dashkin? Das ist doch Unsinn. Wie kommen Sie auf eine solche Idee, Señor Marek?«

»Da gibt's einen Zeugen, lieber Sanchez. Und der ist durchaus glaubhaft. Mr. Fox, Vizedirector des *Achilleus*.«

»Ach ja! Jetzt erinnere ich mich, Señor! Natürlich, habe ich glatt vergessen! Aber wer möchte denn da von einer Auseinandersetzung sprechen. Wir hatten vielleicht eine kleine Meinungsverschiedenheit, nichts Ernstes.«

»Ich höre, Mr. Sanchez!«

»Nun ja, Dashkin meinte, ich hätte Mundgeruch. Was natürlich nicht stimmt, denn ich putze meine Zähne stets sorgfältig, Señor!«

»Dann empfehle ich Ihnen eine effizientere Zahnpasta, Mr. Sanchez ›Klinisch geprüft‹, zum Beispiel«, riet ihm Redcliff. Denn sie wollte dieses lächerliche und unappetitliche Thema möglichst rasch vom Tisch haben.

»Also, über Mundgeruch haben Sie sich mit Dashkin gestritten«, nahm Marek den Faden hartnäckig wieder auf. »Sehr ungewöhnlich, aber was soll's! Dann frage ich halt anders, Mr. Sanchez: Wie intim waren Sie denn mit Matt Dashkin, dass Ihr Mundgeruch ihn so sehr störte? Vielleicht ein richtiges kleines Drecks-, äh, sorry, Dreiecksverhältnis?«

Am liebsten wäre Sanchez dem Detective an die Gurgel gesprungen und hätte zugedrückt, konnte dieses Verlangen aber gerade noch unterdrücken.

»Also beginnen wir nochmals von vorne«, sagte Marek. »Sie haben Mr. Dashkin nicht umgebracht, und schon gar nicht aus Liebe und Eifersucht, wie Sie sagen. Ich würde Ihnen das ja gerne glauben. Das Problem ist nur, die Kolleginnen sehen das ganz anders. Wie wollen Sie das den Señoritas erklären?«

»Liebe und Verliebtheit ist das eine, Señor, Sex und Vergnügen das andere. Und Letzteres genügt mir, wie schon gesagt, vollkommen. Heiraten, nein, das ist nichts für einen Sanchez. Kaum sind die Frauen verheiratet, machen sie nichts als

Ärger und Probleme. Und spätestens nach dem ersten Kind gehen sie auf wie eine Tortilla!«

»Das tönt aus männlicher Sicht vielleicht einleuchtend«, meldete sich Redcliff zu Wort. »Aber wofür tötet man dann, wenn nicht aus Liebe? Vielleicht aus Hass?«

»Sie hören nicht zu«, klagte Sanchez. »Wie oft muss ich Ihnen noch erklären, dass ich mit Ms. Dashkin zusammen war, als ihr Gatte starb.«

»Das ist uns bekannt«, sagte Marek, »und wird von Ms. Dashkin auch nicht bestritten. Trotzdem würde ich mir gern Ihr Sakko etwas näher ansehen, wenn Sie gestatten.«

Und an diesem fehlte – schon wie beim ersten Verhör – noch immer der obere der beiden Knöpfe. Dafür war der verbliebene umso auffälliger: ein billiger Blechknopf mit einem eingravierten Sombrero. Sorgfältig verglich Marek diesen Knopf mit einem zweiten, den er umständlich aus seiner Hosentasche klaubte. Die beiden Knöpfe glichen sich wie ein Ei dem andern.

»Passt, würde ich meinen«, sagte Marek betont gleichgültig. »Und diesen Knopf hier, Mr. Sanchez, fand die Spurensicherung exakt unter der Hantelbank, an der Mr. Dashkin aufgehängt wurde. Eigenartig, finden Sie nicht?«

Erst wurde Sanchez bleich, dann schwieg er. Denn er begriff, dass sein Alibi löchrig geworden war wie ein Schweizerkäse. Notgedrungen rang er sich zur Wahrheit durch: »Nun gut, Señor, ich gebe zu, ich war dort, denn ich wollte Dashkin und Ivana unbedingt auf frischer Tat ertappen.«

»Warum? Wozu diese Mühe?«, fragte Redcliff?

»Welche Mühe, Señora?«

»Dashkin auf frischer Tat zu ertappen!«

»Na ja. Eine Hand wäscht die andere, wenn Sie verstehen, was ich meine. Oder anders gesagt: Reden ist Silber, Schweigen ist Gold.«

»Nun gut, Sanchez. Aber Erpressung, das ist ein anderes Thema«, sagte Marek. »Möchte wissen, wie die Geschichte dann weiterging, Sanchez. Packen Sie endlich aus und lassen Sie sich nicht alle Würmer einzeln aus der Nase ziehen! Konnten Sie die beiden überraschen?«

»Nein, daraus wurde nichts. Von der Ivana war nichts zu sehen. Nur der Gringo. Der lag auf der Hantelbank. War aber schon tot, als ich ihn fand. Welcher Teufel mich ritt, als ich ihn an der Hantelstange aufknüpfte, das weiß ich selbst nicht mehr. Und bei Gott, wen interessiert das schon!«

»Verstehe, Mr. Sanchez. Welcher Teufel Sie ritt, weiß nur der liebe Gott. Dann weiß dieser sicher auch, dass Sie uns schamlos angelogen haben.«

»Das gebe ich ja zu. Aber getötet habe ich Dashkin nicht!«

»Keine Angst, Sanchez. Das wird sich im Verlauf der Untersuchung bestimmt klären. Aber angeklagt werden Sie auf jeden Fall. Einerseits durch Behinderung der Ermittlungen, andererseits wegen Falschaussage und Leichenschändung. Ob zusätzlich noch wegen versuchter Erpressung, das wird sich zeigen. Aber sicher ist, Sie werden mehr als nur eine Nacht im Untersuchungsgefängnis verbringen, Mr. Sanchez!« Und an den Vollzugsbeamten gerichtet, sagte Marek: »Officer, Sie können den Mann abführen!«

»Moment noch«, sagte Redcliff. »Erst will ich von Ihnen wissen, Mr. Sanchez, worüber Sie sich mit Mr. Dashkin damals wirklich gestritten haben. Und Mundgeruch lass ich diesmal nicht gelten!«

»Ich habe ihm gesagt, dass er *das* nicht machen kann!«

»Was nicht machen kann?«

»Erst hat er mich ausgelacht, das Schwein. Hat gesagt, ich sei ein Schmarotzer, ein Nichts, ein dreckiger Latino eben. Und selbst beim Vögeln nur Mittelmaß. Hat mich richtig zur Schnecke gemacht. Und am Schluss hat er mir ins Gesicht gelacht und gesagt, die alte Dashkin könne ich gerne behalten, denn er habe sich entschlossen, die junge zu heiraten, die Ivana.«

»Was soll das heißen: ›die junge‹?«, wollte Marek wissen.

»Die junge Miss Dashkin, Claudias Tochter!
»Wie ... Ms. Dashkins Tochter?«
»Ja eben! Ich hätte ihn gerne umgebracht, dieses Schwein. Und als ich ihn tot auf der Hantelbank liegen sah, habe ich das auch nachgeholt. Symbolisch halt – und ihn ganz langsam aufgehängt.«

Als Mr. Sanchez abgeführt worden war, blieb es lange mäuschenstill im Raum. Dann waren ein aufgeregtes Hin und Her und ein Durcheinander von Stimmen zu vernehmen. Erst wollte niemand so recht glauben, was man gerade gehört hatte. Denn diese Story war nun doch mehr als abenteuerlich und nahm eine Wende, die alle überraschte. Und die Fahnder waren gespannt, welche Geheimnisse im Verlauf der Untersuchung wohl noch ans Tageslicht kommen würden.

Mit ihrem »Who is next?« erinnerte Fry die Fahnder daran, dass die Welt sich trotz allem weiterdreht. »Ich schlage vor, wir nehmen uns Ms. Dashkin vor. Bin gespannt, was sie uns dieses Mal zu berichten hat.«

Marek war mit diesem Vorgehen einverstanden und griff zum Telefon. »Guten Tag, Ms. Dashkin. Wir hätten da noch ein paar Fragen an Sie. Wir erwarten Sie in einer Stunde auf dem Revier. Können Sie das einrichten?«

Diesmal fand Ms. Dashkin das Revier auf Anhieb. Und da kaum Verkehr herrschte, vergingen keine fünfzig Minuten, bis sie, etwas außer Atem, das Büro betrat. Sie atmete tief durch und fragte: »Was gibt es denn Wichtiges? Wozu diese Eile?«

»Wir möchten den Mord an Ihrem Gatten klären. Und hierzu sind wir auf ehrliche und vollständige Aussagen angewiesen. Auch von Ihnen. Also diesmal bitte keine Halbwahrheiten oder Lügengeschichten, wenn ich bitten darf.«

»Es gibt viele Wahrheiten, Detective. Welche möchten Sie denn hören?«

»Halten Sie uns bitte nicht für geistig limitiert, Ms. Dashkin. Es ist ein offenes Geheimnis, dass Sie zur Tatzeit mit Ihrem Personaltrainer ein privates Indoor-Training absolviert haben. Und zwar eins der besonderen Art, wie Ihr Lover uns augenzwinkernd verraten hat. Wie lange treiben Sie es eigentlich schon mit Mr. Sanchez?«

Der Lüge – oder zumindest der Unwahrheit – überführt, wurde Frau Dashkin dennoch weder nervös noch rot. Ohne mit einer Wimper zu zucken, antwortete sie: »Schon mehrere Monate.«

»Und seit wann wissen Sie, dass Ihr Gatte ebenfalls fremdging?«

»Schon seit einer Ewigkeit.«

»Und wusste er, dass Sie ebenfalls ein Verhältnis haben?«

»Ein doppeltes Nein, Detective, soweit ich das beurteilen kann!«

»Und was denken Sie, wie war Ihre Ehe? Liebten Sie Ihren Mann?«, fragte Redcliff.

»Nein, da war längst kein Feuer mehr im Ofen. Ich brauche mich für mein Verhalten also weder zu schämen noch zu entschuldigen. Weshalb denn sollte ich nicht auch etwas Spaß haben?«

»Wie Sie meinen«, sagte der Detective. »Aber warum gaben Sie Ihrem Gatten nicht einfach den Laufpass und trennten sich?«

»Damit ich leer ausgehe? Das hätte Matt so gepasst. All das viele Geld und die Villa! All das wäre futsch – wegen der Gütertrennung, auf die mein Gatte bei der Hochzeit bestanden hatte«, zischte Ms. Dashkin erbost und schaute den Detektive dabei giftig und herausfordernd an.

»Mäßigen Sie sich bitte, Ms. Dashkin«, mahnte dieser, »Sie sind keine Kobra und ich kein Kaninchen. Zischen hilft also nichts! Aber nach Ihrem Geständnis können Sie jetzt ohne Weiteres darauf verzichten, weiterhin die treue und trauernde Ehefrau zu spielen.«

Ms. Dashkin biss sich auf ihre vollen Lippen. »Da haben Sie wohl recht, Detective«, gestand sie.

»Ich hab meistens recht, Ms. Dashkin. Aber da hab ich noch eine Frage: Leiden Sie oder litt Ihr Mann an Schlaflosigkeit?«

»Nicht, dass ich wüsste. Ich würde uns beide als gute Schläfer beschreiben, wobei Matt womöglich noch der bessere Schläfer war als ich. ›Gute Schläfer‹, eine der wenigen Gemeinsamkeiten, die uns nach zweiundzwanzig Ehejahren geblieben sind!«

»Und trotzdem planten Sie mit Ihrem Ehemann ein verlängertes Wochenende auf Ihrer Jacht? Blaues Meer, endloser Horizont, Sonnenuntergang und Vollmond! Diese Romanze passt hervorragend zu frisch Verliebten. Für ein alterndes Ehepaar, das sich nicht mehr viel zu sagen hat, muss diese Vorstellung aber doch eher ein Albtraum sein, meinen Sie nicht auch?«

»Ich weiß nicht, worauf Sie hinauswollen, Detective!«, sagte Ms. Dashkin mit heiserer Stimme.

»Na ja, im Kajüten-Schaft haben wir ein Schlafmittel gefunden, das nur bei außerordentlich hartnäckigen und schweren Schlafstörungen verschrieben wird, und dies auch nur für Kurztherapien. Da fragen wir uns schon, was ein solch potentes Medikament auf einer Jacht soll, deren Besitzer sich eines ausgesprochen guten Schlafs erfreuen.«

»Davon weiß ich nichts. Keine Ahnung, wie dieses Schlafmittel auf unsere Jacht gekommen ist. Ob vielleicht Matt …«

»Wenn Sie nichts davon wissen, dann können Sie uns sicher erklären, wie Ihre Fingerabdrücke auf die Packung gekommen sind? Habe ich Sie nicht gebeten, heute keine Lügen aufzutischen?«

Die Witwe erblasste und schwieg. Die Stille wurde nur durch das Knarren des Stuhls unterbrochen, auf dem sich Ms. Dashkin unruhig hin und her bewegte.

»Wenn Sie dazu nichts zu sagen haben, muss ich das wohl. Also, meine Liebe, ich stelle mir die Sache in etwa so vor«, begann Marek: »Es war Ihr Gatte, der sich scheiden lassen wollte. Denn er war ja mit der jungen und attraktiven Ivana Orlow liiert, wie wir von Mr. Sanchez wissen. Aber das konnten Sie natürlich nicht zulassen. Deshalb planten Sie für das Wochenende eine Segeltour mit ihrem Gatten. Dies in der Absicht, ihn mit dem Dormicum flachzulegen und anschließend im Meer zu entsorgen. So nach dem Motto: Was die See nimmt, gibt sie niemals wieder her.«

»Gut recherchiert, Detective. In den wesentlichen Punkten liegen Sie zweifellos richtig – auch wenn da noch ein paar Details zu korrigieren wären«, gestand Ms. Dashkin mit kalter Stimme. Und nach einer kurzen Pause: »Nur schade, dass es dazu nicht mehr gekommen ist.«

»Zu Ihrem Glück würde ich meinen! Für die Tötungsabsicht allein können Sie ja kaum bestraft werden. Sie sind also nach wie vor frei und dürfen gehen. Doch zuvor noch eins: Ist es richtig, dass Miss Orlow Ihre Tochter ist?«

»Das hat mit dem Mord nichts zu tun, dazu muss und will ich nichts sagen. Aber ich bitte

Sie inständig um Diskretion, Detective. Nicht um meinetwillen, sondern wegen Ivana! Es hilft ja niemandem, wenn die ganze Geschichte aufgebauscht und durch die Regenbogenpresse gezogen wird und zu tausenderlei Gerüchten und Spekulationen Anlass gibt. Bitte seien Sie großzügig! Um Ivanas willen!«

»Wir tun unser Bestes, Ms. Dashkin. Aber versprechen können wir nichts.«

»Danke, Detective. Und um noch etwas möchte ich Sie bitten. Auch wenn Sie mein Verhalten nicht billigen mögen, urteilen Sie bitte nicht allzu hart über mich. Denn das Leben hat es mit mir nicht immer gut gemeint.«

Marek fehlten die Worte, was ihm, wie wir wissen, nur selten passiert. Und so nickte er nur.

»Wenn ich jetzt gehen könnte?«

»Na dann, Nastrovje«, sagte Marek. Das war das Einzige, was ihm einfiel.

»Langsam kann ich Ms. Dashkin besser verstehen«, sagte Redcliff, »bei solch einem Monster von Ehemann. Wer kann es ihr da verdenken, wenn sie auf einen Gigolo wie Sanchez reinfällt, der wenigstens ansatzweise menschliche Gefühle zeigt!«

»Wirklich?«, fragte Marek einigermaßen erstaunt. »Sonst bist du doch immer diejenige, die entschieden auf Tugend, Treue und Ehrlichkeit pocht!«

»Ich weiß. Aber in diesem Fall ist Schwarz nicht schwarz und Weiß nicht weiß.«

»Das sind ja ganz neue Töne«, wunderte sich Marek. »Ist es die Liebe allgemein, oder sind es deine Gefühle für Sarina, die dich so nachsichtig stimmen?«

»Wie kann ich das wissen, Marek. Was ich für Sarina empfinde, fühlt sich zwar toll an, ist aber noch total neu und ungewohnt«, sagte Redcliff und lächelte verlegen.

»Da brauchst du dich nicht zu entschuldigen«, sagte Marek. »Ihr zwei seid wirklich ein tolles Paar.«

Hier unterbrach Lucie die Unterhaltung und führte das Gespräch auf die berufliche Ebene zurück: »Also, Sanchez wäre gecheckt, ebenso Ms. Dashkin. Somit verbleibt eigentlich nur noch Ivana Orlow als mögliche Täterin. Ich täusche mich nur ungern, aber in diesem speziellen Fall täte ich das liebend gern, das könnt ihr mir glauben! Ivana ist ja noch so jung und zerbrechlich. Nun, wir werden sehen! Ich habe sie auf jeden Fall bereits aufs Revier bestellt.«

Nach knapp einer Stunde erschien Ivana Orlow im Präsidium.

»Ich soll mich bei einem Sergeant Fry melden!«

»Dann sind Sie hier gerade richtig, ... falls Sie Miss Orlow sind«, antwortete Lucie. Wir hätten da noch ein paar Fragen an Sie.«

»Bitte sehr, was möchten Sie wissen?«

»Ganz einfach. Die Wahrheit«, gab Marek der verdutzten Miss Orlow zur Antwort. »Die Wahrheit und nichts als die Wahrheit!«

»Und die wäre?«, fragte Ivana, nachdem sie sich etwas von ihrer Überraschung erholt hatte.

»Wie Sie bei der letzten Befragung aussagten und wie man dem Protokoll entnehmen kann, haben Sie Mr. Dashkin sehr geliebt. Und was war nun mit ihm? Erwiderte er Ihre Liebe auch oder waren Sie ihm gleichgültig?«

Diese direkte und aggressive Art der Befragung zeigte auch bei Ms. Orlow Wirkung. Sie zog ihre Knie an und sank merklich in sich zusammen. Die Hände in den Kopf gestützt, fing sie an zu weinen. Schluchzend brach es aus ihr hervor: »Ich hab ihn geliebt, mehr als alles andere! Und Matt mich doch auch, obwohl er seine Gefühle nur ungern zeigte. Doch warum hat er mich in letzter Zeit so schrecklich verletzt und erniedrigt? Wozu diese gefühllose E-Mail? Warum gestand er mir seine Liebe erst, als es zu spät war – als ich ihm bereits mit der Hantelstange die Kehle zudrückte! Und welcher Matt ist nun der richtige? Der kalte und verletzende Matt, oder der, der seine Mörderin bis in den Tod hinein geliebt hat?«

»Sie geben also zu, dass Sie Matt Dashkin umgebracht haben?«, hakte der Detective nach.

»Ja, ich war's«, gestand Ivana noch immer unter Tränen. »Die schreckliche Wahrheit ist: Der Mann, den ich liebte, ist tot. Und ich bin seine Mörderin.«

»Tragisch«, sagte Redcliff, »wirklich tragisch.« Und sie sagte dies nicht einfach so, sie meinte es auch wirklich.

»Es wird Ihnen kaum helfen, Miss«, fuhr Marek fort, »wenn wir Ihnen sagen, dass Mr. Dashkin seine Frau verlassen wollte, um mit Ihnen einen Neuanfang zu wagen!«

Ivana erblasste. »Seine Frau verlassen, für mich? Wie hätte ich das denn ahnen können, wie nur?«, stammelte sie.

Als Ivana Orlow sich wieder etwas gefangen hatte, sagte Marek. »Aber etwas stört und irritiert mich. Etwas verstehe ich nach wie vor nicht!«

»Was verstehen Sie nicht, Detective?«

»Warum dieser Hass, wozu diese Brutalität? Warum gleich eine doppelte Hinrichtung. Das ergibt doch keinen Sinn!«

»Eine doppelte Hinrichtung? Wie meinen Sie das?«, fragte Ivana sichtlich konsterniert.

»Zweimal erdrosseln«, sagte Marek, »erst mit der Hantelstange und dann mit dem Gurt!«

»Davon weiß ich nichts«, sagte Ivana Orlow entsetzt. »Nachdem ich meinen Geliebten mit der Stange getötet hatte, verließ ich den Tatort in Panik. Von Erwürgen und einem Gurt weiß ich wirklich nichts!«

»Glauben wir Ihnen. Jemanden zweimal zu töten, ergibt wenig Sinn. Es sei denn, das Opfer hätte nach dem ersten Mordversuch noch gelebt, was unser Pathologe zwar nicht gänzlich ausschließen kann, aber als doch sehr unwahrscheinlich erachtet«, beruhigte sie der Detective. »Aber vielleicht können Sie uns helfen, die Leichenschändung aufzuklären«, sagte Marek und gab Miss Orlow Stift und Papier. »Beschreiben Sie bitte den Tathergang so detailliert und lückenlos wie möglich: Tatwerkzeug, Tatmotiv, Tatzeit und so weiter. Bitte Datum und Unterschrift nicht vergessen.«

Als Ivana ihr Geständnis niedergeschrieben hatte, ließ Marek die Unglückliche abführen.

Beim Hinausgehen wandte sich Ivana an den Detective: »Kompliment Sir, für die kompetente Arbeit, die Sie und Ihr Team geleistet haben. Das Wissen, dass Matt mich niemals verlassen hätte, schmerzt und tröstet zugleich. Ich hoffe, dass er mir vergeben kann. Wir werden ja sehen, wenn ich ihm nächstens wieder begegne.«

»Um Himmels willen«, fragte Marek erschrocken, »Sie haben doch keine Tabletten geschluckt oder gar Gift?«

»Keine Angst, Detective. Nichts dergleichen. Aber mein Arzt hat mir gestern mitgeteilt, dass ich an einem aggressiven Krebs leide und nicht mehr viel Zeit habe. Zwei oder drei Monate vielleicht, meinte er. Als Sergeant Fry mich aufs Revier bestellte, war ich bereits auf dem Weg zu Ihnen, um mich zu stellen.«

Als Marek dies hörte, musste er zweimal leer schlucken. »Tut mir leid. Sehr leid, Miss«, sagte er mit belegter Stimme und sichtlich betroffen.

»Muss Ihnen nicht leidtun, Detective. Der Krebs ist wohl die gerechte Strafe für mein Tun.«

Zum Vollzugsbeamten sagte sie mit fester Stimme: »Wir können gehen, Officer.«

Marek sah Miss Orlow nach und sagte leise: »Diejenige, die es am wenigsten verdient hat, wird nun doppelt bestraft: Krebs und Gefängnis!«

Es folgte ein langes Schweigen. Dann sagte Sarina: »Aber eine Frage ist noch zu klären. Wer hat nun das Opfer mit dem Gurt stranguliert?«

»Ich hab da mehr als nur eine Idee, wer der Täter sein könnte«, sagte Redcliff entschieden.

»Wer soll es denn gewesen sein?«, fragten ihre Kolleginnen gleichzeitig.

»Mr. Frank, wer sonst!«, sagte Redcliff überzeugt.

»Warum ausgerechnet Mr. Frank?«, fragte Sarina überrascht. »Der hat doch gar kein Motiv!«

»Warum denn nicht?«, erwiderte Redcliff. »Geschäftsfreunde haben oft die unterschiedlichsten Interessen.«

»Klingt gut, Redcliff. Gut aufgepasst, kombinierst schon bald wie dein Meister!«, sagte Marek. »Und wie willst du ihm die Tat beweisen?«

»Abwarten. Wir müssen Mr. Frank nur die richtigen Fragen stellen. Und wenn das nicht reicht, müssen wir halt etwas nachhelfen«, sagte Redcliff zuversichtlich und griff zum Telefon.

Marek war sichtlich stolz auf den Sergeant, der es unter seinen Fittichen in der Tat gelungen war, ihre kriminalistischen Fähigkeiten in kurzer Zeit erheblich zu verbessern und zu vertiefen. Und so ließ er Redcliff bedenkenlos gewähren.

Mr. Frank erklärte sich gerne bereit, die Fahnder auf dem Präsidium zu besuchen, »wenn er damit zur Aufklärung des Verbrechens beitragen könne«, wie er Redcliff am Telefon selbstlos mitteilte. Und wenig später meldete er sich bereits auf dem Revier. »Wie kann ich Ihnen dienen, Sergeant«?

»Mit der Wahrheit«, sagte Redcliff knapp.

»Und die wäre?«

»Es gibt viele Wahrheiten, Mr. Frank«, zitierte der Sergeant Claudia Dashkin. »Sie können wählen.«

Mr. Frank war nun endgültig perplex. Was wollten diese Polizisten von ihm? Wussten sie etwas, was sie besser nicht wissen sollten? Und wenn ja, was? Und so sagte er nur: »Ich verstehe nicht, was …«

»Nun gut. Dann frage ich präziser«, mischte sich Marek ein. »Sie und Mr. Dashkin sind Geschäftsfreunde, wie Sie uns im ersten Interview mitteilten. Was dürfen wir uns unter einer Geschäftsfreundschaft vorstellen?«

»Nun ja, ich bin mit dreißig Prozent an Dashkin & Partner beteiligt.«

»Eine Beteiligung ist ja noch lange keine Freundschaft, Mr. Frank. Worüber sprechen Geschäftsfreunde denn so, abgesehen vom Geschäftsverlauf und von den Aktienkursen? Vielleicht über Sport, schnelle Autos, Frauen?«

»Nun, von allem ein bisschen, wobei Matt sich besonders gern mit Frauengeschichten brüstete. Aber natürlich haben wir hauptsächlich über Geschäftliches gesprochen. Interna eben.«

»Und? Wie läuft das Geschäft bei Dashkin & Partner denn so? Mit Firmenübernahmen lässt sich gutes Geld machen, hört man?«

»Ja, die Verhandlungen standen kurz vor dem Abschluss. Gut fürs Geschäft, das lässt sich nicht leugnen!«

»Sehen Sie, es geht ja, Mr. Frank! Wahrheit Numero eins: Geschäftlich lief alles gut. Richtig, Mister?« Und ohne eine Antwort abzuwarten, fuhr Marek fort: »Somit kommen wir zur Wahrheit Numero zwei: Dashkin & Partner geht es gut. Und was ist mit dem Übernahmekandidaten, mit *Seasports and More*? Ebenfalls solide und rentabel aufgestellt oder kreisen da die Pleitegeier?«

Mr. Frank räusperte sich, dann antwortete er: »Guter Brand, ein ausgezeichneter Brand sogar. Aber große finanzielle Schwierigkeiten. Ohne einen starken Partner ist *Seasports and More* gezwungen, die Bilanzen zu deponieren. Somit ein gefragter Übernahmekandidat für ein unfriendly Take-over.«

»Danke für die interessanten Ausführungen, Mr. Frank. Doch wechseln wir nun zur Wahrheit Numero drei«, sagte Marek. »Der CEO von *Seasports and More* ist ein gewisser Mr. Randolf. Kennen Sie diesen Mann? Möchten Sie etwas dazu sagen?«

»Mein Schwiegervater. Aber das wissen Sie offenbar bereits. Was bezwecken Sie eigentlich mit all den Fragen?«

»Gegenfrage, Mr. Frank – und mit dieser sind wir auch schon bei Wahrheit Numero vier: Wo waren Sie, als Ihr Geschäftspartner ermordet wurde?«

»Wie ich schon zu Protokoll gab und Ihnen von meinen Mitarbeitern bestätigt wurde, war ich zur Tatzeit in der Firma.«

»Haben Sie. Aber da gibt's ein Problem mit Ihrem Alibi. Es ist leider nicht ganz wasserdicht. Einer Ihrer Mitarbeiter sah, wie Sie kurz vor dreizehn Uhr Ihr Büro verließen und erst um sechzehn Uhr wieder betraten.«

Mr. Frank wurde nun merklich unruhig und senkte den Blick: »Ja. Das ist richtig.«

»Und?«, fragte Marek.

»Musste frische Luft schnappen.«

»Ganze drei Stunden, da müssen Sie aber unter großem Sauerstoffmangel gelitten haben, Mr. Frank. Etwas fadenscheinig, finden Sie nicht?«

»Fadenscheinig oder nicht, ich bleibe dabei. Oder können Sie mir das Gegenteil beweisen?«, sagte der Verdächtige trotzig.

»Können wir. Denn laut EDV haben Sie um 13.23 Uhr mit Ihrem Badge im Fitnesscenter *Achilleus* eingecheckt. Geben Sie auf, Mr. Frank, es wird Zeit für die Wahrheit!«

Diesmal blieb Mr. Frank mangels Alternativen keine andere Wahl. Resigniert entschloss er sich, reinen Tisch zu machen und die Wahrheit zu gestehen: »Nun ja, Detective. Ich war im Fitnesscenter. Ich wollte Matt daran hindern, die Geschäftsübernahme wie geplant durchzuziehen.«

»Warum denn das?«, wollte Marek wissen.

»Weil Ihr Schwiegervater nicht nur der CEO von *Seasports and More* ist, sondern auch dessen Hauptaktionär«, beantwortete Redcliff, die bereits zuvor in diese Richtung recherchiert hatte, Mareks Frage.

»Stimmt so, aber nicht ganz«, sagte Mr. Frank. »Mein Schwiegervater war mehr als das. Er hat

Seasports and More vor dreißig Jahren gegründet und groß gemacht. Er liebt die Firma mehr als seine eigenen Kinder. Sie zu verlieren, ist für ihn schlimmer als der Tod. Aber die finanzielle Situation zwang ihn, Dashkins Übernahmeangebot zu akzeptieren, so unfair dieses auch war.«

»Und da haben Sie gedacht: Das muss ich verhindern. Und haben Ihren Partner kaltblütig erdrosselt! Eine andere Lösung ist Ihnen nicht eingefallen?«, übernahm Marek wieder das Verhör.

»Nein, so war es nicht. Ich wollte mit Matt reden. Ich wollte ihn bitten, bei der Transaktion auf meinen Schwiegervater Rücksicht zu nehmen und weniger harte Bedingungen zu stellen. Aber als ich Matt dann regungslos am Boden liegen sah, verlor ich die Beherrschung und wohl auch meinen Verstand. Ich nahm meinen Gürtel, legte ihn um Dashkins Hals und zog zu.«

»Haben Sie sich nicht gewundert, dass Dashkin sich nicht wehrte?«

»Nein, das ist mir gar nicht aufgefallen.«

»Aber die Verletzungen, die müssen Sie doch gesehen haben!«

»Ja, hab ich. Aber das war kein Grund für mich, von diesem Monster abzulassen!«

»Wie lange haben Sie zugezogen?«

»Das weiß ich nicht, aber es kam mir vor wie eine Ewigkeit.«

»Sie schließen also nicht aus, Ihren Geschäftspartner umgebracht zu haben?«

»Nein, und wie dem auch sei, ich bereue nichts. Matt war nicht nur skrupellos. Er war ein Egomane durch und durch. Alles, was seinen Weg kreuzte, musste er manipulieren, kontrollieren und besitzen. Das galt auch für sein Liebesleben. So konnte Matt es nicht ertragen, dass seine Frau fremdging, obwohl er selbst immer wieder wechselnde Affären hatte. Und dass der Lover seiner Frau dann auch noch ein dreckiger Latino war, mit dieser Beleidigung konnte er sich definitiv nicht abfinden. Ergo heckte er einen teuflischen Plan aus, mit dem er sich bei mir erst noch brüstete. Er drohte seiner Frau nicht nur mit der Scheidung, sondern auch damit, die Ivana, ihre einzige Tochter nicht nur zu vögeln, sondern sie darüber hinaus auch noch zu heiraten. So konnte er seine Gattin gleich dreifach erniedrigen und bestrafen. Und dies genoss er ungemein. Denn Matt war mehr als skrupellos, er war ein Schwein. Er ...«

»Über Tote sollte man nicht schlecht sprechen, Mr. Frank«, mahnte Redcliff. »Aber wenn dies alles zutrifft, muss man bei Dashkin wohl eine Ausnahme machen. Dann war Dashkin mehr als nur ein Schwein. Dann war er ein gemeines, fieses und hinterhältiges Monster«, sagte Redcliff zutiefst empört.

Als Redcliff schwieg, hakte Marek nach: »Die leibliche Tochter von Ms. Dashkin? Darüber möchte ich gerne etwas mehr erfahren, Mr. Frank. Also los, was wissen Sie?«

»Sie kennen diese Story nicht?«, fragte dieser erstaunt. »Nun gut. Als Ms. Dashkin vor Jahren nach Amerika auswanderte, musste sie ihren Mann und ihre kleine Tochter Ivana in Russland zurücklassen. Diese sollten sobald als möglich nachkommen, was aber nie passierte. Vor einem Jahr dann hat Ivana ihre Mutter besucht, den Besuch aber bereits am zweiten Tag wegen gravierender Meinungsverschiedenheiten abgebrochen. Sie ist aber trotzdem in den USA geblieben und hat sich, so gut es eben ging, alleine durchgeschlagen.«

Es dauerte eine Weile, bis die Fahnder verdaut hatten, was Mr. Frank ihnen erzählte. Sie sahen sich betroffen an, und Marek sagte knapp: »Sie haben recht, Mister. Ein Schwein! Ein Riesenschwein!« Und alle Anwesenden nickten zustimmend.

»Und was ist nun mit mir?«, fragte Mr. Frank verunsichert. »Bin ich jetzt verhaftet oder immer noch ein freier Mann?«

»Mord, oder versuchter Mord, das ist hier die Frage, Mr. Frank!«, sagte Marek nachdenklich. »Das pathologische Institut hat sich mit dieser Frage eingehend beschäftigt und kommt zum

Schluss, dass Dashkins Tod mit hoher Wahrscheinlichkeit auf Erdrosseln mittels Hantelstange zurückzuführen ist. Und die Ergebnisse unserer Untersuchung lassen diesbezüglich auch keine andere Interpretation zu. Ihr Geschäftspartner muss bereits tot gewesen sein, als Sie ihn erdrosselt haben. Daran besteht kein Zweifel.

Aber Ihre Tat, Mister, kann nicht als Gentleman-Delikt verharmlost werden. Sie haben sich wegen Behinderung der Polizeiarbeit, Falschaussage und Leichenschändung, allenfalls wegen versuchten Mordes, zu verantworten. Über das Strafmaß und darüber, ob ein bedingter oder unbedingter Strafvollzug angezeigt ist, müssen andere entscheiden. Bis das geklärt ist, sind Sie also frei. Ich empfehle Ihnen aber dringend, Mr. Frank, den besten Anwalt beizuziehen, den Sie kriegen können!« Dann gab Marek dem Officer ein Zeichen, worauf dieser Mr. Frank aus dem Büro begleitete.

Als die Fahnder wieder unter sich waren, sagte Redcliff bedeutungsvoll: »Nichts ist, wie es ist!«

»Was willst du damit sagen?«, wollte Fry wissen.

»Bis zuletzt habe ich geglaubt, Dashkin sei das unglückliche Opfer einer unzulänglichen Welt. Aber weit gefehlt! Dieser Mann war eine skrupellose Bestie und ein gewissenloses Ungeheuer, der seine Umgebung nach Belieben dominierte und tyrannisierte.«

»Bis seine Opfer nicht mehr weiterwussten und den Spieß umdrehten«, ergänzte Marek.

»Und dies zu Recht!«, meldete sich nun auch Sarina zu Wort. »Aber eine Frage musst du mir schon noch beantworten, Marek! Wie kommt es, dass im Untersuchungsbericht nichts von einem Zeugen zu lesen ist, der Mr. Frank beim Verlassen seiner Firma beobachtet hatte? Und eben so wenig etwas von einem Badge? Weißt du etwas, wovon wir alle nichts wissen?«

»Gutes Aktenstudium, Sarina, gratuliere! Da könnte man tatsächlich noch lange in den Protokollen blättern und würde trotzdem nichts finden«, bestätigte Marek »Denn Bluff ist Bluff! Verstehst du, Sarina?«

Und mit einem schelmischen Grinsen im Gesicht wandte er sich an Sergeant Redcliff: »Wie du schon sagtest – es ist eben nichts, wie es ist! Stimmt's, liebe Steffanie!?«

16

Nachtrag und Neuanfang
Nachdem der Fall Dashkin abgeschlossen war, verklagte Marek Chief Woolfy Pepperville wie versprochen wegen Verstoßes gegen Artikel 131.3 A der Personalverordnung. Wegen unqualifizierter Personalführung wurde der Captain zum uniformierten Polizeibeamten degradiert und in eine Kleinstadt irgendwo in der Sierra Madre versetzt, wo er noch heute Dienst tut.

Mr. Sanchez wurde zu achtzehn Monaten Gefängnis bedingt verurteilt und zu einer nicht unerheblichen Geldbuße. Gegen dieses Urteil legte Sanchez' Anwalt Berufung ein, mit der Begründung, es sei eindeutig rassistisch motiviert. Die Berufung wurde zweitinstanzlich als nicht stichhaltig abgelehnt und ist nun beim Bundesgerichtshof anhängig.

Mr. Frank nahm sich den Ratschlag von Detective Marek zu Herzen. Er engagierte einen tüchtigen und nicht eben billigen Anwalt. Dies hatte zur Folge, dass er trotz der aktenkundigen und keineswegs harmlosen Vergehen mit einer bedingten Geldstrafe davonkam. Die Presse schrieb anschließend entrüstet von einem Skandalurteil.

Seasports and More wurde von einem ausländischen Unternehmen übernommen, das auf seine Firmenkultur und seine humane Mitarbeiterpolitik stolz war. Auf das Know-how von Mr. Randolf wollte man nicht verzichten und beließ ihn in seiner Funktion als CEO.

Die Staatsanwaltschaft ermittelte im Mordfall Dashkin noch längere Zeit gegen dessen Ehefrau. Da dieser aber keine relevanten Straftaten nachgewiesen werden konnten, wurde das Verfahren eingestellt. Und da kein Testament vorlag und es keine Verwandte gab, die Erbansprüche geltend machten, wurde Ms. Dashkin trotz Gütertrennung und wohl entgegen dem Willen des Verstorbenen als Alleinerbin eingesetzt, respektive bestätigt.

Miss Orlow schließlich wurde wegen Totschlags zu sieben Jahren Gefängnis verurteilt. Wegen ihres schlechten Gesundheitszustands wurde der Strafvollzug jedoch aufgeschoben. So fand Ivana Orlow doch noch zurück zu ihrer Mutter, die sie bis zu ihrem Tod im darauffolgenden Sommer liebevoll pflegte. Mit sich im Reinen und voller

Freude auf ein Wiedersehen mit Matt schloss Ivana Orlow friedlich ihre Augen. Denn es war Ms. Dashkin gelungen, die schreckliche Wahrheit über Matt von ihrer Tochter fernzuhalten.

Sergeant Redcliff wurde aufgrund ihrer Verdienste im Fall Dashkin zum Detective befördert. Als Partner holte sie sich den frisch gebackenen Sergeant Falk ins Boot. Das war die Geburtsstunde des neuen Dream-Teams vom zehnten Revier, das für die Zukunft einiges versprach. Auch privat kamen sich die Ladys näher. Sie teilen sich heute ein kleines, aber schmuckes Appartement mit Seeblick und sind glücklich verliebt wie am ersten Tag.

Detective Marek und Sergeant Fry schließlich hielten an ihrem Glück fest und heirateten ein paar Monate später. Man könnte meinen: Ende gut, alles gut!

Doch so weit sind wir noch nicht. Denn eines Morgens erhielten die Mareks einen eingeschriebenen Brief. »Scheint etwas Wichtiges zu sein«, sagte der Beamte, als er dem Detective das Schreiben übergab. Marek öffnete den Brief und las:

Hi André,
habe einen freien Platz in meinem SWAT-Team.

Würde mich sehr freuen, diesen mit Deiner Wenigkeit zu besetzen. Der Job ist nicht ungefährlich, dafür aber spannend und abwechslungsreich. So wie Du das liebst. Biete Dir einen überdurchschnittlichen Lohn, Gefahrenzulage und dazu acht Wochen Ferien. Bin überzeugt, dass mein Team von Deinem Wissen und Deiner Erfahrung profitieren kann, und freue mich, Dich bald als Ausbilder bei uns willkommen zu heißen.
Warte auf baldigen und hoffentlich positiven Bescheid.
Gruß, Dein Kommandant Matthew Corvinius.

Marek las den Brief mehrmals durch, denn ein Job bei SWAT war das, wovon er schon lange träumte. Nur, was würden seine Freunde und vor allem Lucie sagen, wenn er das Angebot annähme? Nein, unmöglich. Das konnte er Lucie nicht antun, nicht schon wieder! Er hörte die Haustür ins Schloss fallen, und Lucie rief, noch ganz außer Atem: »Überraschung, Schatz, Überraschung! Hast du etwas Zeit für mich?«

»Klaro, worum geht es?«

»Ich bin schon vier Wochen drüber!«, sagte Lucie strahlend.

Marek verstand nur Bahnhof: »Worüber ›drüber‹, zum …?«

»Mann, bist du schwer von Begriff? Ich bin schwanger, André!«

»Das ist ja ein Ding! Und da bist du dir ganz sicher? Keinerlei Zweifel?«

»Nein, und du?«, fragte Lucie unsicher. »Was ist mit dir?«

»Ich bestimmt nicht, hab ja keine Gebärmutter!«, gab Marek scherzend zurück.

»Nein, das meine ich nicht. Aber ich spüre doch, dass du beruflich unzufrieden bist. Und jetzt noch ein Kind!«, sagte Lucie besorgt.

»Das eine hat mit dem anderen doch nichts zu tun«, entgegnete Marek. »Aber es stimmt schon. Ich habe die Nase gestrichen voll von dem verflixten Bürokram. All die neuen Vorschriften und Regeln. Und es werden täglich mehr!«

»Ich weiß, du bist kein Bürotyp. Du kannst es mir ruhig sagen, du willst zu den Marines zurück!«

»Ganz sicher nicht, Lucie. Ich verlass dich kein zweites Mal, das schwör ich dir. Aber ein Branchenwechsel, das wär schon was.«

»Woran denkst du?«, fragte Fry vorsichtig. »Hast du etwas Konkretes?«

»SWAT – ein Angebot von Matthew!« Marek zeigte Lucie den Brief.

»Ist das wirklich das, was du willst?«

»Hundert Prozent! Genau das, was ich suche! Aber natürlich nur, wenn du einverstanden bist.«

»Ich will dir doch nicht vorschreiben, was du zu tun hast. Ich will nur, dass du glücklich bist.

Aber du musst mir versprechen, vorsichtig zu sein. SWAT ist mehr als ein Job, SWAT ist gefährlich!«

»Dann machst du also mit?«, freute sich Marek. Er umarmte Lucie und küsste sie zärtlich.

»Weißt du was?«, sagte Lucie. »Das müssen wir feiern. Aber nicht alleine. Wie wär's mit einer Grillparty mit Freunden. Der Wetterbericht fürs Wochenende ist vielversprechend!«

»Tolle Idee, Schatz«, sagte Marek, »ich lade Redcliff und Matthew ein.«

»Und ich übernehme die anderen. Aber bis Samstag gilt: Top secret! Einfach eine Grillparty, sonst nichts!«, schlug Lucie vor.

»Ehrensache«, versprach Marek zufrieden, »Nur eine Grillparty unter Freunden, was sonst.«

So kam es, dass Lucie und André am Samstag sehr beschäftigt waren. Am Vormittag machten sie einen Großeinkauf, und am Nachmittag hatten sie in der Küche und im Garten zu tun. Lucie rüstete den Salat und bereitete den Nachtisch vor. Marek feuerte den Holzkohlegrill ein und würzte das Fleisch. Kaum waren sie mit den Vorbereitungen fertig, klingelte es auch schon an der Tür.

Matthew war der Erste. Er bedankte sich für die Einladung und gab Lucie einen Strauß Rosen. »Rosen für die Rosenkönigin«, sagte er galant.

»Tritt ein, bring Glück herein«, antwortete Lucie lachend. »André ist im Garten. Ich glaube, ihr habt da noch etwas Wichtiges zu besprechen. Sekt oder Bier?«

»Kaltes Wasser, bitte. Zum Anstoßen ist es noch zu früh«, meinte Matthew und ging nach draußen.

»Und ...?«, sagte Matthew, nachdem die beiden Männer sich begrüßt hatten. »... Was meinst du zu meinem Angebot? Aber eins musst du jetzt schon wissen: Ein Nein akzeptiere ich nicht!«

»Na, dann bleibt mir wohl nichts anderes übrig als zuzusagen«, entgegnete André lachend.

»Und da bist du dir wirklich sicher?«

»Ja, todsicher. Und Lucie ist auch einverstanden.«

»Na dann, willkommen im Team!«, sagte Matthew und reichte Marek die Hand.

Nach und nach trafen auch die übrigen Gäste ein. Das Fleisch brutzelte auf dem Grill, und die Sektflaschen knallten. Lauter zufriedene Gesichter und leuchtende Augen. Nach dem Dessert, einer feinen Apple-Lemon-Creme und einem knackigen Almond-Schoko-Cake, war es an der Zeit, die Neuigkeiten zu verkünden.

»Liebe Freunde«, begann Marek. »Ich werde mich beruflich verändern und freue mich schon jetzt auf meinen neuen Boss und auf meine Tätigkeit als Ausbilder bei SWAT. Allerdings werde ich Sergeant Redcliff, sorry, seit Neuestem ja Detective, dann noch mehr vermissen.«

»Ich dich auch«, sagte Steffanie. »Aber zum Glück habe ich Sarina, das macht die Sache etwas leichter!«

Nach einer kurzen Pause wandte sich Marek an Lucie: »Und nun du, Liebling. Womit möchtest du unsere Gäste überraschen?«

»Meine Lieben«, sagte Lucie mit geröteten Wangen und leuchtenden Augen, »ich mach es kurz. Ich bin schwanger!«

Eine Weile war es still im Garten. Dann sagte Steffanie: »Ein Hoch auf unsere Gastgeber, ein hoch auf Marek junior!«

Als der Applaus verklungen war, sagte Lucie: »Da ist noch etwas: André und ich, wir würden uns sehr freuen, wenn Steffanie und Sarina die Patenschaft für unseren kleinen Erdenbürger übernehmen würden.«

»Nichts lieber als das«, sagten die frischgebackenen Patinnen gleichzeitig. »Wir werden unser Bestes geben!«

In dieser Nacht leuchtete der Abendstern besonders hell und besonders lang. Und so feierten unsere Freunde ausgelassen bis tief in die Nacht hinein. Dass der Abendstern dem werdenden Baby freundlich zuzwinkerte, hat außer Redcliff aber niemand gesehen.